Max Lucado

365 BÊNÇÃOS

Textos bíblicos comentados para inspirar sua vida

Tradução
Omar de Souza
Marcelo Barbão

POCKET OURO

Título original
Everyday Blessings

Capa
Valter Botosso Jr.

Diagramação
Filigrana

Copidesque
Joel Macedo

Revisão
Luciana Ferreira

Produção editorial
Daniele Cajueiro
Guilherme Bernardo

PocketOuro é um selo da Ediouro Publicações Ltda.

Rua Nova Jerusalém, 345 – Bonsucesso
Rio de Janeiro – RJ – CEP: 21042-235
Tel.: (21) 3882-8200 – Fax: (21) 3882-8212/8313

1º de janeiro

Deus é o nosso refúgio e a nossa fortaleza, auxílio sempre presente na adversidade.

Salmo 46:1

Você já sentiu aquela necessidade de fugir de tudo? Jesus também passou por essa situação (Marcos 1:35).

Já aconteceu de ter tantas coisas a fazer a ponto de não encontrar tempo nem para parar e comer? Ele sabia bem o que era isso (Marcos 6:31).

Seus amigos já deixaram você na mão? Quando Cristo precisou de ajuda, seus amigos caíram no sono (Mateus 26:40).

Mas quando você recorre à ajuda de Jesus, Ele vem correndo em seu auxílio. Sabe por que Ele faz isso? Porque sabe como você se sente. Cristo passou pelas mesmas situações.

Portanto, chame-o quando precisar.

2 de janeiro

Os céus declaram a glória de Deus.

Salmo 19:1

Se você fosse a única pessoa na terra, ela seria exatamente como é atualmente. A cordilheira do Himalaia manteria sua imponência, e o Caribe teria o mesmo charme de hoje. O sol continuaria se pondo por trás da serra à noite, e espalhando sua luz sobre os campos pelas manhãs. Mesmo que você fosse o único peregrino vagando por este mundo, ainda assim Deus não diminuiria em nada a beleza de sua criação.

Porque foi para você que Ele criou todas as coisas.

365 bênçãos

3 de janeiro

No dia da minha angústia clamarei a ti, pois tu me responderás.

Salmo 86:7

Você pode conversar com Deus porque Ele ouve. Sua voz é importante no céu. O Senhor leva a sério o que você diz. Quando uma pessoa entra na presença de Deus, toda a atenção é dedicada a ela. Não tenha medo: sua voz não será ignorada. Mesmo que você gagueje, hesite ou não impressione ninguém com aquilo que tem a dizer, mesmo assim Deus se importa e ouvirá sua voz.

4 de janeiro

Deem graças ao Senhor, porque ele é bom. O seu amor dura para sempre!

Salmo 136:1

Se eu sei que um dos privilégios da paternidade é confortar os filhos, então por que resisto tanto a permitir que meu Pai celestial conforte o meu coração?

Por que acredito que ele não esteja disposto a ouvir meus problemas? ("Eles são insignificantes, se comparados à fome na Índia", penso.) Por que acho que Deus está ocupado demais para me dar atenção?

5 de janeiro

Se amarmos uns aos outros, Deus permanece em nós, e o seu amor está aperfeiçoado em nós.

1 João 4:12

Deus ama você. Esse amor é pessoal, poderoso e apaixonado. Outras pessoas prometeram amor e não cumpriram. Mas Deus prometeu e amou de verdade.

O amor que Ele tem por nós nunca falha.

E se você permitir, esse amor pode preencher sua vida e transbordar para outras pessoas.

6 de janeiro

Conheço os que escolhi.

João 13:18

Você escolheria um assassino procurado para tirar uma nação da escravidão? Ou recorreria a um fugitivo para carregar as tábuas com os Dez Mandamentos? Deus fez isso [...] chamou aquele homem pelo nome do meio da sarça ardente. O velho Moisés ficou apavorado! [...]

A lição é clara e nos enche de confiança: Deus [...] usa as pessoas para mudar o mundo. *As pessoas!* Não os santos, os super-homens ou os gênios, mas as pessoas.

7 de janeiro

Embora sendo Deus, não considerou que o ser igual a Deus era algo a que devia apegar-se.

Filipenses 2:6

Está precisando de mais paciência? Aprenda a ser paciente com Deus (2 Pedro 3:9). Acha que a generosidade é uma virtude traiçoeira? Então pense como Deus tem sido generoso com você (Romanos 5:8). Está enfrentando dificuldades para suportar os parentes ingratos ou vizinhos esquisitos? Deus também tolera sua ingratidão e suas esquisitices. "Ele é bondoso para com os ingratos e maus." (Lucas 6:35)

Será que conseguimos amar dessa mesma maneira?

8 de janeiro

Pois em Cristo habita corporalmente toda a plenitude da divindade.

Colossenses 2:9

Jesus não era um homem parecido com Deus, nem um Deus parecido com homem. Ele era o Deus-homem. [...] O criador do mundo, mas com um umbigo [...]

O que fazer com alguém assim? Aplaudimos as pessoas quando elas fazem coisas boas. Louvamos a Deus por realizar feitos grandiosos. Mas e quando um homem faz as coisas de que só Deus é capaz?

Uma coisa é certa: não podemos ignorá-lo. Aliás, nem temos motivo para isso.

9 de janeiro

Peçam, e lhes será dado; busquem, e encontrarão.

Mateus 7:7

Há inúmeros exemplares das Escrituras Sagradas nunca lidos, largados em estantes ou sobre as cabeceiras simplesmente porque as pessoas não sabem como ler. O que podemos fazer para tornar a Bíblia uma realidade em nossa vida?

A resposta mais clara pode ser encontrada nas palavras de Jesus: "Peçam, e Deus concederá a vocês." O primeiro passo para entender a Bíblia é pedir a Deus que nos ajude nessa tarefa.

10 de janeiro

Pois também Cristo sofreu pelos pecados uma vez por todas, o justo pelos injustos, para conduzir-nos a Deus.

1 Pedro 3:18

O caminho da justiça é uma trilha estreita e sinuosa que sobe por uma montanha íngreme. No topo dela há uma cruz. Na base dessa cruz encontram-se inúmeros sacos cheios de pecados — tantos, a ponto de se perder a conta. No Calvário, há pilhas de pecados derramados aos pés da cruz. Você não gostaria de deixar os seus lá também?

11 de janeiro

Pois o Filho do homem veio buscar e salvar o que estava perdido.

Lucas 19:10

Deus fará todo o possível, seja o que for, para trazer seus filhos para casa.

Ele é o pastor em busca de Sua ovelha. Tem as pernas arranhadas. Seus pés estão doloridos e as vistas ardem. Ele escala os despenhadeiros e atravessa os campos. Explora as cavernas. Aproxima as mãos da boca e grita na direção da ravina.

E o nome pelo qual Ele chama é o seu.

12 de janeiro

Portanto, aceitem-se uns aos outros, da mesma forma que Cristo os aceitou.

Romanos 15:7

A graça proclama três coisas.

Só Deus pode lidar com meus pecados. Eu me arrependo, faço a confissão, mas só Deus pode perdoar. (E é o que Ele faz.)

Só Deus pode lidar com o coração do meu próximo. Devo falar com ele sobre o amor divino, orar por ele, mas só Deus pode convencê-lo. (E é o que Ele faz.)

Deus me ama e faz de mim seu filho. Também ama meu próximo, e faz dele meu irmão.

13 de janeiro

Voltarei e os levarei para mim.

João 14:3

Não sabemos quando Cristo voltará. Também não temos ideia de como será essa volta. Nem mesmo imaginamos por que Ele voltará... Mais do que qualquer coisa, nós temos fé. Por ela, sabemos que há muito espaço e um lugar preparado no céu; no tempo certo, Jesus voltará, e então iremos para onde Ele está.

Ele virá nos buscar. Cabe a nós confiar em Sua promessa.

14 de janeiro

Sigam o caminho do amor e busquem com dedicação os dons espirituais, principalmente o dom de profecia.

1 Coríntios 14:1

Relaxe. Você tem algumas pessoas para abraçar, pedras para saltar, ou lábios para beijar?... Um dia, você irá se aposentar; por que não agora?

Não falo de se aposentar do seu trabalho, mas de sua atitude. Seja sincero: desde quando reclamação serviu para melhorar o dia? Alguma vez você viu alguém pagar as contas com choradeira? Preocupar-se com o amanhã já ajudou a mudar o futuro?

Pelo menos por um tempinho, deixe outra Pessoa tomar conta do mundo.

15 de janeiro

O que é impossível para os homens é possível para Deus.

Lucas 18:27

O jovem rico pensava que poderia comprar sua entrada no céu. Para ele, fazia sentido: você trabalha duro, paga seus impostos e pronto — sua prestação está quitada. Mas Jesus disse: "Nada disso." O que você quer custa bem mais do que você pode pagar. Você não precisa de um sistema, mas sim de um Salvador. Você não precisa de um currículo, mas de um Redentor. Porque "o que é impossível para os homens é possível para Deus".

16 de janeiro

Ame o seu próximo como a si mesmo.

Gálatas 5:14

Jesus sofreu muito para ser tão humano quanto aquele sujeito que mora no final da rua. Ele não precisava estudar, mas mesmo assim ia à sinagoga. Não tinha necessidade de uma renda, mas trabalhou numa oficina de carpintaria. Sobre seus ombros estava o desafio de redimir a criação, mas Ele arranjou tempo para caminhar quase 150 quilômetros de Jericó a Caná, e comparecer a um casamento.

Era por isso que as pessoas gostavam Dele.

17 de janeiro

Aguardo ansiosamente e espero... Cristo será engrandecido em meu corpo, quer pela vida, quer pela morte.

Filipenses 1:20

Seria ótimo se Deus nos permitisse escolher a vida como escolhemos uma refeição no cardápio de um restaurante. Vou querer boa saúde e muita inteligência. Não precisa trazer talento musical, mas não deixe de colocar um metabolismo bem ligeiro... seria muito bom. Mas só que não é bem assim que acontece. Quando se trata de sua vida na terra, você não tem direito a voz ou voto.

Contudo, no que diz respeito à vida depois da morte, você pode escolher. Para mim, parece bom negócio. Você não concorda?

18 de janeiro

No princípio Deus criou os céus e a terra.

Gênesis 1:1

Há muitas coisas que não sabemos sobre a criação, mas de uma coisa temos certeza: Deus fez tudo sorrindo. Ele deve ter feito uma grande festa. Pintar as listras da zebra, pendurar as estrelas no céu, tingir o pôr do sol de dourado... quanta criatividade!

Como um carpinteiro que trabalha em sua oficina, Ele adorou cada momento da criação. Pôs tudo de si naquela obra. Depois de tanta criatividade, Ele tirou um dia de folga no fim de semana só para descansar.

19 de janeiro

O amor não se alegra com a injustiça, mas se alegra com a verdade.

1 Coríntios 13:6

Não é bom saber que, apesar de não sermos capazes de amar com perfeição, o amor de Deus é perfeito? Ele sempre incentiva aquilo que é certo; sempre aprova o que é justo. Deus nunca errou, jamais induziu uma pessoa a errar, nem se alegra por ver alguém fazendo alguma coisa errada, pois Ele é amor, e o amor "não se alegra com a injustiça, mas se alegra com a verdade".

20 de janeiro

[A] fé que vocês têm [é] o sacrifício que oferecem a Deus.

Filipenses 2:17

Quando enfrentamos lutas, costumamos nos perguntar: "Por quê?". Daqui a alguns anos, porém, entenderemos que foram aquelas batalhas que nos ensinaram alguma coisa que não seríamos capazes de aprender de outra maneira — que havia um propósito para aquele sofrimento.

O propósito de Deus é muito maior do que o seu sofrimento; esse propósito é muito maior do que os problemas que você enfrenta.

21 de janeiro

Quem de vocês, por mais que se preocupe, pode acrescentar uma hora que seja à sua vida?

Mateus 6: 27

A ansiedade é um hábito muito caro. É claro que deveria valer a pena, considerando o trabalho que dá. Mas não vale. Nossas lamúrias são em vão.

Preocupação nunca serviu para melhorar o dia, resolver problemas ou curar doenças.

Deus nos dirige. Ele fará a coisa certa na hora certa. E isso faz uma enorme diferença.

22 de janeiro

Tu, Senhor, guardarás em perfeita paz aquele cujo propósito está firme, porque em ti confia.

Isaías 26:3

Você já tentou imaginar Deus? Então, preste atenção...

Ouça o barulho das pedras que seriam atiradas na mulher adúltera caindo no chão...

Ouça a viúva de Naim jantando com o filho que era dado como morto...

Ouça Deus fazendo as coisas mais inusitadas. Arrancando sorrisos de fisionomias antes tão fechadas. Colocando brilho onde só se via lágrimas.

23 de janeiro

Não se preocupem com o amanhã, pois o amanhã trará as suas próprias preocupações.

Mateus 6:34

Deus libertou seus filhos da escravidão e abriu um caminho pelo meio do mar. Ele providenciou uma nuvem para ser seguida durante o dia e uma fogueira para guiá-los à noite. E lhes forneceu o alimento...

A cada manhã, o maná aparecia. Toda noite, as codornizes apareciam. "Confiem em mim. Confiem em mim e darei a vocês tudo quanto precisam" O povo foi orientado a pegar apenas o suficiente para se alimentar por um dia. Suas necessidades seriam supridas, um dia de cada vez.

24 de janeiro

Recebam como herança o Reino que lhes foi preparado desde a criação do mundo.

Mateus 25:34

O problema com este mundo é que não combina conosco. Sim, conseguimos viver nele, mas não nos ajustamos totalmente. Somos feitos para viver com Deus; na terra, vivemos pela fé. Fomos criados para a eternidade, mas nesta terra vivemos apenas por um breve período. Nós fomos feitos para viver em santidade, mas este mundo está maculado pelo pecado.

Este mundo é como uma camisa que tomamos emprestada. O céu foi feito sob medida para nós.

25 de janeiro

Ao vencedor [...] também lhe darei uma pedra branca com um novo nome nela inscrito.

Apocalipse 2:17

Você pode não saber, mas Deus tem um novo nome para lhe dar. Quando chegar a hora de ir para o lar eterno, Ele não nos chamará mais de João, Carlos ou Maria. O nome pelo qual sempre chamaram você não será o mesmo que Deus usará. Quando Ele diz que fará novas todas as coisas, é isso mesmo o que quer dizer. Você terá um novo lar, uma nova vida e — adivinhou! — um novo nome.

26 de janeiro

Pois o Senhor é justo, e ama a justiça.

Salmo 11:7

Nós não vemos Jesus tentando apaziguar muitas controvérsias ou resolvendo tantos conflitos. Mas nós O *vemos* cultivando a harmonia por meio de atos de amor:

Lavando os pés de homens que, Ele sabia, viriam a traí-lo...

Honrando a mulher pecadora a quem a sociedade desprezava.

Ele construía pontes enquanto curava as mágoas.

27 de janeiro

Como Deus é grande! Ultrapassa o nosso entendimento!

Jó 36:26

Podemos descobrir qual foi o instante em que a primeira onda banhou o litoral, ou quando a primeira estrela irrompeu no céu, mas nunca saberemos a partir de que momento Deus passou a ser Deus, pois nunca houve um momento em que Ele tenha deixado de ser Deus. Ele nunca deixou de existir, pois é eterno. Deus não é limitado pelo tempo.

28 de janeiro

Mas quando o Espírito da verdade vier, ele os guiará a toda a verdade.

João 16:13

Tente visualizar um pai ensinando o filho a andar de bicicleta e terá um retrato parcial do Espírito Santo. O pai fica ao lado do filho. Ele empurra a bicicleta e a mantém em pé quando o filho começa a perder o equilíbrio. O Espírito faz o mesmo por nós: ele firma nossos pés e fortalece nossos passos. No entanto, ao contrário do pai, Ele nunca nos deixa sós; continua ao nosso lado até o fim de nossos dias.

29 de janeiro

Nisto consiste o amor: não em que nós tenhamos amado a Deus, mas em que ele nos amou e enviou seu Filho como propiciação pelos nossos pecados.

1 João 4:10

Será que Deus nos ama por causa da nossa bondade? Ou por sermos amáveis demais? Ou por termos uma grande fé? Nada disso, Ele nos ama por causa da Sua bondade, de Seu amor e por acreditar em nós. João coloca essa realidade da seguinte maneira: "Nisto consiste o amor: não em que nós tenhamos amado a Deus, mas em que ele nos amou."

30 de janeiro

Toda boa dádiva[...] [vêm] do alto, descendo do Pai das luzes.

Tiago 1:17

Um pregador itinerante de Nazaré pode resolver a ferida que você traz em seu coração. É possível que você esteja tentando reconstruir um relacionamento que se desfez... Talvez esteja tentando encontrar Deus há tanto tempo, que já nem se lembra mais. Havia alguma coisa naquele pregador de Nazaré que atraía multidões à sua volta como se Ele fosse um presente de Deus para a humanidade. Esse presente também foi oferecido a você.

31 de janeiro

E eu estarei sempre com vocês, até o fim dos tempos.

Mateus 28:20

Uma tempestade no mar da Galileia era equivalente a um lutador de sumô mergulhando de barriga numa piscina de criança. O vale ao norte funcionava como um túnel de vento, comprimindo e empurrando o vento com força na direção do lago. Ondas de três metros de altura eram muito comuns.

Do meio da tempestade, Jesus grita, resoluto: "Sou eu." Lá está Ele, imponente, quando as Torres Gêmeas estão desabando. Enfrentando as ondas do mar da Galileia com ousadia. Na UTI de um hospital, no campo de batalha, na reunião da diretoria, na cela da penitenciária ou na maternidade — onde você estiver enfrentando uma tempestade, Jesus diz: "Sou eu."

1º de fevereiro

O que nasce da carne é carne, mas o que nasce do Espírito é espírito.

João 3:6

A vida espiritual é dada pelo Espírito Santo! Seus pais podem ter legado os genes, mas Deus concede graça a você. Seus pais podem ser responsáveis pelo seu corpo, mas Deus se encarrega de sua alma. Pode ser que você tenha herdado o olhar de sua mãe, mas quem dá vida eterna é o Pai, seu Pai celestial.

2 de fevereiro

Vocês não me escolheram, mas eu os escolhi.

João 15:16

Se você já se perguntou como Deus pode usar sua vida para fazer diferença no mundo, basta olhar para aqueles que Ele já usou e confiar em si mesmo. Olhe para o perdão que Ele oferece de braços abertos e tome coragem.

Aliás, esses braços nunca estiveram tão abertos quanto na cruz do Calvário. Um deles se estendendo sobre o passado e o outro descortinando o futuro. Um abraço de perdão oferecido a qualquer pessoa que deseje se aproximar da cruz.

3 de fevereiro

O Reino dos céus é como um tesouro escondido num campo.

Mateus 13:44

Quando fizer uma lista dos lugares onde Cristo viveu, desenhe um círculo em volta da cidade chamada Nazaré — um pontinho no mapa, quase no fim do mundo. Durante trinta de seus trinta e três anos na terra, Jesus viveu como uma pessoa comum.

E a cidade poderia ser muito comum, porém a atenção dedicada a ela por Cristo não foi. Ele viu como uma semente jogada no caminho deixou de germinar (Lucas 8:5), e como um grão de mostarda gerou uma árvore frondosa (Mateus 13:31,32). Jesus prestava atenção nas coisas de sua vida comum.

E você, presta atenção nas suas?

4 de fevereiro

Porque imenso é o seu amor leal por nós, e a fidelidade do Senhor dura para sempre.

Salmo 117:2

O amor de Deus por você não depende de sua aparência, de seu modo de pensar, de seu jeito de agir ou de seu grau de perfeição. O amor do Pai é absolutamente inegociável e não volta atrás. Nosso Deus é fiel.

5 de fevereiro

Entre vocês há alguém que está sofrendo? Que ele ore.

Tiago 5:13

Você já apresentou suas decepções a Deus? Pode tê-las compartilhado com seu vizinho, seus parentes, seus amigos, mas já as levou a Deus?

Antes de levar suas decepções a qualquer outro lugar, leve-as a Deus.

6 de fevereiro

Se alguém tem sede, venha a mim e beba.

João 7:37

Deus é um Deus que abre a porta e acena com Sua mão, conduzindo os peregrinos a uma mesa farta.

Seu convite, porém, não é apenas para participar de uma refeição. É para a vida. Um convite para entrar em Seu reino e passar a viver num mundo onde não há lágrimas, não há morte e não há sofrimento. Quem pode aceitar esse convite? Qualquer pessoa que desejar. O convite é, ao mesmo tempo, universal e pessoal.

7 de fevereiro

Senhor, quantas vezes deverei perdoar a meu irmão quando ele pecar contra mim? Até sete vezes?

Mateus 18:21

A lei judaica estipulava que as pessoas ofendidas perdoassem três vezes. Pedro estava disposto a dobrar a conta e ainda adicionar mais um perdão. Não havia dúvida: ele achava que Jesus ficaria impressionado. Só que isso não aconteceu. A resposta do Mestre até hoje nos espanta: "Eu lhe digo: Não até sete, mas até setenta vezes sete." (Mateus 18:22)

Se você deu uma parada na leitura para multiplicar setenta por sete, é sinal de que não entendeu direito. Jesus está dizendo que estabelecer parâmetros para seu perdão é não ser misericordioso.

8 de fevereiro

Não se perturbe o coração de vocês. Creiam em Deus; creiam também em mim.

João 14:1

Não se perturbe por causa do retorno de Cristo. Não se deixe dominar pela ansiedade em relação a coisas que não pode compreender. Questões como o milênio e o anticristo nos desafiam e exigem esforço, mas não devem nos oprimir ou dividir. Para o cristão, o retorno de Cristo não é uma charada a ser solucionada nem um código a se desvendar, mas um dia que devemos aguardar com expectativa.

Jesus deseja que confiemos Nele.

9 de fevereiro

Teu é o Reino, o poder e a glória para sempre.

Mateus 6:13

"Teu é o Reino, o poder e a glória para sempre." Que maravilhosa proteção essa declaração comporta. Ao confessar que Deus está no controle, a pessoa admite que ela não está. Quando proclama que Deus tem o poder, você reconhece que não tem. E a partir do momento que dedica a Deus todo o louvor, não sobra mais nada para confundir sua cabeça.

10 de fevereiro

Bem-aventurados os que choram, pois serão consolados.

Mateus 5:4

Lamentar pelos seus pecados é uma manifestação natural de pobreza de espírito. Muitas pessoas sabem que estão erradas e, mesmo assim, fingem estar certas. Por essa razão, nunca provam o sabor do arrependimento.

Dentre todas as trilhas que conduzem à alegria, esta deve ser a mais singular. A verdadeira bem-aventurança, segundo Jesus, começa com profunda contrição.

11 de fevereiro

Tenham todos o mesmo modo de pensar, sejam compassivos, amem-se fraternalmente, sejam misericordiosos e humildes.

1 Pedro 3:8

Disseram que Jesus era um blasfemo, mas nunca o chamaram de arrogante. Acusaram-no de heresia, mas jamais de altivez. Ele foi rotulado como um radical, mas não era inacessível.

Não há nenhum sinal de que Jesus tivesse usado seu *status* divino para obter algum ganho pessoal. Nunca. Não passa nenhuma impressão de que as pessoas tivessem ficado nervosas com sua insolência e perguntado: "Bem, quem você acha que fez de você Deus?".

A Sua fé lhe tornou uma pessoa agradável.

12 de fevereiro

E esta é a minha aliança com eles [...] remover os seus pecados.

Romanos 11:27

Deus faz mais do que perdoar nossos erros; Ele os remove! Só precisamos levá-los ao Pai.

Ele não apenas deseja que levemos esses erros cometidos. Quer também que apresentemos os erros que estamos cometendo. É este o seu caso? Se é, não fique fingindo que está tudo em ordem...vá primeiro a Deus. O primeiro passo depois de um tropeço deve ser na direção da cruz.

13 de fevereiro

Há muito tempo Deus falou muitas vezes e de várias maneiras [...] mas nestes últimos dias falou-nos por meio do Filho.

Hebreus 1:1-2

Motivado pelo amor e norteado por sua divindade, Deus surpreendeu a todos. Ele se tornou um ser humano. Por conta de um mistério que está além de nosso alcance, Ele assumiu a identidade de um carpinteiro e viveu em uma vila empoeirada da Judeia. Determinado a provar Seu amor pela criação, caminhou incógnito neste mundo. As mãos calejadas tocaram feridas, e Suas palavras de compaixão penetraram no coração das pessoas. Ele se tornou um de nós.

14 de fevereiro

O amor [...] tudo sofre, tudo crê, tudo espera, tudo suporta.

1 Coríntios 4:7

O apóstolo está à procura de uma fita para embrulhar para presente um dos mais lindos trechos da Escritura. Posso ver aquele santo de rosto castigado fazendo uma pausa em seu relato... Contando nos dedos, ele revê sua lista. "Deixe-me ver, paciência, bondade, inveja, arrogância. Já falamos de rudeza, egoísmo e raiva, perdão, mal e verdade. Será que cobri todos os assuntos? Ah, é isso mesmo — todas as coisas. Escreva aí: o amor suporta tudo, crê em tudo, espera tudo e suporta tudo."

15 de fevereiro

Quando clamei, tu me respondeste; deste-me força e coragem.

Salmo 138:3

Onde está Deus no nosso sofrimento? Onde Ele está quando não conseguimos dormir? Onde está quando acordamos em um leito de hospital com uma dor que insiste em não ceder? Ele está bem aqui! Ele foi pendurado no madeiro para provar, de uma vez por todas, com Suas mãos feridas e o rosto manchado de sangue, que está aqui; que não criou o sofrimento, mas veio para nos livrar dele.

Quando você sofre, Deus sofre junto.

16 de fevereiro

Porque Deus é maior do que o nosso coração e sabe todas as coisas.

1 João 3:20

Eu e você somos controlados. O tempo determina o que vestimos. O terreno indica como devemos viajar...

Deus, nosso Pastor, não se preocupa em ver como o tempo está; é Ele quem o faz. Deus não desafia a gravidade; Ele a criou.

Deus é o que é. O que Ele sempre foi. Deus é Javé — um Deus que não muda, que não teve causa e que ninguém pode governar.

17 de fevereiro

[O homem] em vão se agita, amontoando riqueza sem saber quem ficará com ela.

Salmo 39:6

Precisamos de um dia no qual possamos dar uma pausa no trabalho; de um período de vinte e quatro horas durante o qual as engrenagens parem de rodar e o motor seja desligado. Precisamos parar...

Diminua o ritmo. Se Deus mandou parar, é porque você precisa. Se Jesus também deu o exemplo, é sinal de que se trata de uma necessidade. Tire um dia para dizer "não" ao trabalho e "sim" ao louvor a Deus.

18 de fevereiro

O Filho [...] dá vida.

João 5:21

A Bíblia é a história de dois jardins: o Éden e o Getsêmani. No primeiro, Adão caiu; no segundo, Jesus foi erguido. No primeiro, Deus procurou Adão; no segundo, Jesus procurou Deus. No Éden, Adão se escondeu de Deus; no Getsêmani, Jesus saiu do túmulo. No Éden, Satanás levou Adão a uma árvore que provocou sua morte; do Getsêmani, Jesus se encaminhou para um madeiro que nos traria a vida.

19 de fevereiro

Eu e o rapaz vamos até lá. Depois de adorarmos, voltaremos.

Gênesis 22:5

Abraão está na iminência de sacrificar seu único filho, e qual é a palavra que usa para descrever esse ato? "Adoração." Ele sobe o monte para apresentar o que havia de mais importante em sua vida num altar, e chama a isso "adoração".

Quando pensamos em adoração, costumamos imaginar uma música, uma oração ou uma oferta. Mas quando Abraão adorou, ele ofereceu seu filho. Ele ofereceu a parte mais importante de sua vida a Deus.

20 de fevereiro

Os cegos veem, os mancos andam, os leprosos são purificados, os surdos ouvem.

Mateus 11:5

Ninguém era mais marginalizado por sua cultura do que os cegos, os aleijados, os leprosos e os surdos. Eles não tinham moradia. Não tinham nome nem valor. Eram como chagas na sociedade. Um excesso de bagagem largado à beira da estrada. Mas àqueles que o povo chamava "lixo", Jesus considerava tesouros.

21 de fevereiro

Jesus tomou os pães, deu graças e os repartiu entre os que estavam assentados.

João 6:11

Quando os discípulos não oravam, Jesus orava. Quando os discípulos não conseguiam ver Deus, Jesus procurava pelo Pai. Quando os discípulos estavam fracos, Jesus estava fortalecido. Quando os discípulos não criavam, Jesus demonstrava sua fé. Ele agradecia a Deus.

Deus é fiel, mesmo quando seus filhos não são.

É isso que o faz Deus.

22 de fevereiro

Mas o fruto do Espírito é amor, alegria, paz, paciência, amabilidade, bondade, fidelidade, mansidão e domínio próprio.

Gálatas 5: 22,23

O amor é um fruto. Mas fruto de quê? De seu trabalho duro? De sua grande fé? De sua determinação firme? Nada disso. O amor é um fruto do Espírito de Deus. "O fruto do Espírito *é* amor."

23 de fevereiro

Deus enviou seu Filho [...] para que recebêssemos a adoção de filhos.

Gálatas 4: 4,5

Nós éramos órfãos.

Desamparados.

Não tínhamos nome, futuro ou esperança.

Se não fosse por nossa adoção como filhos de Deus, continuaríamos desamparados. Às vezes, nos esquecemos disso.

24 de fevereiro

Mantenham o pensamento nas coisas do alto, e não nas coisas terrenas.

Colossenses 3:2

Quando Cristo domina os nossos pensamentos, Ele nos leva de um grau a outro da glória até que (segure-se!) você esteja em condições de viver com Ele.

O céu é a terra das mentes puras. Confiança absoluta. Nada de medo ou raiva. O céu será maravilhoso, não porque as ruas são de ouro, mas porque nossos pensamentos serão puros.

25 de fevereiro

Não sabemos como orar, mas o próprio Espírito intercede por nós.

Romanos 8:26

Veja bem, não sabemos realmente pelo que devemos orar, não é? Já pensou se Deus respondesse a todas as orações que você já fez? Pare para pensar com quem você teria se casado; onde estaria morando; o que estaria fazendo...

Deus nos ama tanto que, às vezes, nos dá o que precisamos, e não aquilo que pedimos.

26 de fevereiro

Todos saberão que vocês são meus discípulos, se vocês se amarem uns aos outros.

João 13:35

Pare por um minuto e pense sobre esse versículo. Será que a unidade é a chave para ganhar o mundo inteiro para Cristo?

Aliás, em lugar algum somos orientados a *construir* a unidade. Somos apenas instruídos a *mantê-la*. A partir da perspectiva de Deus, não há nada além de "um só rebanho e um só pastor". (João 10:16) A unidade não precisa ser criada; ela só precisa ser protegida.

27 de fevereiro

Aquele que é a Palavra tornou-se carne e viveu entre nós.

João 1:14

Jesus era tangível, acessível, disponível...

Era o tipo de pessoa que você chamaria para assistir a um Fla-Flu pela tevê em sua casa. Ele provavelmente rolaria no chão com seus filhos, tiraria um cochilo no sofá e ajudaria a fazer um churrasco. Riria de suas piadas e contaria outras. E quando você falasse, ouviria cada palavra como se tivesse todo o tempo da eternidade.

Uma coisa é certa: você O convidaria a voltar.

28 de fevereiro

Assim brilhe a luz de vocês diante dos homens, para que vejam as suas boas obras e glorifiquem ao Pai de vocês, que está nos céus.

Mateus 5:16

Você já notou que as cinco primeiras letras da palavra "cortês" formam o termo "corte"? Antigamente, ser cortês significava agir à maneira da corte. Esperava-se que a família e os servos do soberano vivessem de acordo com um alto padrão.

O mesmo acontece conosco. Não fomos chamados para representar o Rei? Sendo assim, "brilhe a luz de vocês diante dos homens, para que vejam as suas boas obras e glorifiquem ao Pai de vocês, que está nos céus".

1º de março

Por meio de um único sacrifício, ele aperfeiçoou para sempre os que estão sendo santificados.

Hebreus 10:14

Sublinhe a palavra "aperfeiçoou". Note que o termo utilizado não é "melhorou". Não é "refinou". Nem "aprimorou". Deus não melhora: Ele aperfeiçoa, isto é, torna perfeito. Ele não aprimora, mas completa.

Quando olha para um de nós, Ele enxerga uma pessoa aperfeiçoada por meio do Único perfeito — Jesus Cristo.

2 de março

Está reservada a coroa da justiça [...] a todos os que amam a sua vinda.

2 Timóteo 4:8

Entendemos que na organização da terra há um número limitado de coroas e reinos.

A organização do céu, porém, é animadoramente diferente. As recompensas celestiais não são limitadas a poucos escolhidos, mas "a todos os que amam a sua vinda" (de Jesus). Esta palavra de cinco letras — "todos" — é uma preciosidade. O círculo de vencedores não se limita a um punhado de pessoas da elite; ele abrange um céu inteiro, repleto de filhos de Deus.

3 de março

A lei do Espírito de vida me libertou da lei do pecado e da morte.

Romanos 8:2

A cruz fez o que as ovelhas sacrificadas no altar não poderiam fazer. Ela apagou nossos pecados, não pelo período de um ano, mas por toda a eternidade. A cruz fez o que os seres humanos não poderiam fazer. Ela nos outorgou o direito de conversar com Deus, amá-lo e até viver ao lado Dele.

Você não tem condições de fazer isso por si. Não importa a quantos cultos de adoração você assiste ou as boas ações que pratica, sua bondade é insuficiente. É por isso que precisamos de um salvador.

4 de março

Estou convencido de que aquele que começou boa obra em vocês vai completá-la até o dia de Cristo Jesus.

Filipenses 1:6

A obediência às regras religiosas pode minar suas forças. É algo que não acaba nunca. Há sempre outra aula para assistir, um sabá para guardar, um Ramadã para observar. Não há prisão mais longa que a do perfeccionismo. Os internos trabalham muito, mas nunca encontram a paz. Como poderiam? Eles nunca sabem quando o trabalho terminou.

Cristo cumpriu a lei por você. Diga adeus ao fardo da religião. Deus se empenha em ajudar aqueles que param de tentar ajudar a si mesmos.

5 de março

Quando eu vir o sangue, passarei adiante.

Êxodo 12:13

O sangue nas vigas da porta nos lembra... que não foi Moisés quem libertou os hebreus. Foi Deus. O sangue na viga das portas nos lembra do sangue que manchou outra viga.

Sangue de outro cordeiro.

O Cordeiro de Deus.

Por causa desse sangue, nós também somos livres.

6 de março

O Senhor é o nosso Deus. Ele nos fez e somos dele: somos o seu povo, e rebanho do seu pastoreio.

Salmo 100:3

Ovelhas não são as únicas criaturas que precisam de um toque de cura. Nós também nos irritamos uns com os outros, batemos cabeça e, por isso, nos machucamos. Muitas de nossas decepções na vida começam como irritação. A maior parte de nossos problemas não consiste nos ataques ferozes de que somos alvos, e sim da profusão de frustrações, infortúnios e angústias do dia a dia.

7 de março

"E lhes serei Pai, e vocês serão meus filhos e minhas filhas", diz o Senhor todo-poderoso.

2 Coríntios 6:18

Deus fez o que nem mesmo ousaríamos sonhar. Ele fez o que não seríamos capazes sequer de imaginar: tornou-se um ser humano para que pudéssemos confiar Nele. Entregou-se como sacrifício para que o conhecêssemos. E venceu a morte para podermos segui-lo...

Só um Criador além dos limites da lógica poderia oferecer tal presente de amor.

8 de março

Agora já não há condenação para os que estão em Cristo Jesus.

Romanos 8:1

Não existe um ponto a partir do qual você passa a ser menos salvo em relação ao momento em que Cristo salvou sua vida. O fato de estar mal-humorado durante o café não quer dizer que, naquele momento, você está condenado. Quando você perdeu a paciência ontem, não perdeu sua salvação. Seu nome não fica sumindo e aparecendo o tempo todo no Livro da Vida, dependendo de seu humor ou comportamento.

Você é salvo não pelo que faz, mas pelo que Cristo fez.

9 de março

Eles nada perceberam, até que veio o Dilúvio e os levou a todos. Assim acontecerá na vinda do Filho do homem.

Mateus 24:39

Noé foi enviado para salvar os fiéis. Cristo foi enviado pela mesma razão. No tempo de Noé, houve uma torrente de água. A próxima torrente será de fogo. Noé construiu um lugar seguro feito de madeira. Jesus providenciou um lugar seguro com a cruz. Aqueles que creram, esconderam-se na arca. Os que creem estão escondidos em Cristo.

10 de março

Gideão construiu ali um altar [...] e lhe deu este nome: O Senhor é Paz.

Juízes 6:24

"É-é m-m-melhor encontrar outra pessoa", gaguejamos. É nesse momento que Deus nos lembra de que sabe de nossas limitações; mas Ele é capaz, e para provar isso, nos dá um presente maravilhoso — proporciona um espírito de paz. Uma paz que antecede a tempestade. Uma paz além da lógica... Ele concedeu essa paz a Davi depois de lhe mostrar Golias; também a deu a Saulo logo após apresentar o evangelho; Deus deu essa paz a Jesus, depois que lhe mostrou a cruz.

11 de março

Guia-me com a tua verdade e ensina-me, pois tu és Deus, meu Salvador.

Salmo 25:5

"Não é justo", costumamos dizer. Não é justo que eu tenha nascido pobre, ou que cante tão mal, ou que não seja muito ágil. Mas a justiça tornou-se a medida da vida quando Deus plantou uma árvore no Jardim do Éden. Todas as reclamações foram silenciadas quando Adão e seus descendentes receberam o livre arbítrio, a liberdade de fazer a escolha eterna que desejassem. Qualquer injustiça nesta vida é proporcional à prerrogativa de escolher nosso destino no porvir.

12 de março

Ninguém tem maior amor do que aquele que dá a sua vida pelos seus amigos.

João 15:13

O que gosto mais em João é o modo como ele amou a Jesus. Seu relacionamento com o Filho de Deus era [...] simples. Para João, Jesus era um bom amigo, com um bom coração e uma boa ideia.

Tem-se a impressão de que, para João, Jesus era, acima de tudo, um companheiro leal. Messias? Sim. Filho de Deus? Com certeza. Operador de milagres? Isso também. No entanto, mais do que tudo, [...] Jesus era um amigo.

13 de março

Vocês são salvos pela graça, por meio da fé, e isto não vem de vocês, é dom de Deus.

Efésios 2:8

Nos escondemos. Ele nos procura. Mostramos nosso pecado. Ele mostra seu sacrifício. Experimentamos folhas de figueira. Ele vem com vestes de justiça. E a nós resta cantar como o profeta: "Ele me vestiu com as vestes da salvação e sobre mim pôs o manto da justiça, qual noivo que adorna a cabeça como um sacerdote, qual noiva que se enfeita com joias." (Isaías 61:10)

Deus nos vestiu. Ele nos cobre com um manto de amor.

14 de março

Não haverá mais morte, nem tristeza, nem choro, nem dor, pois a antiga ordem já passou.

Apocalipse 21:4

Amigos, se vocês estiverem esperando que a vida seja tranquila, esqueçam! Isso não vai acontecer. Vocês terão de enfrentar doenças. O corpo há de se desgastar. Vocês podem ser vítimas do erro de outra pessoa.

Mas é possível atravessar esses períodos difíceis se você preparar seu coração agora, vivendo para conhecer e servir o Salvador que lhe ama e que morreu para lhe conceder um lar eterno, livre de sofrimento e tristeza.

15 de março

No sétimo dia [Deus] descansou.

Êxodo 20:11

Leia o que Jesus fez durante o último sabá de sua vida. Comece pelo Evangelho de Mateus. Não achou nada? Tente Marcos. Nada ainda? Estranho. E que tal em Lucas? Nenhuma palavra a respeito? Bem, então procure em João. Com certeza, ele menciona o sabá. Ah, não menciona? Nenhuma referência? Hum... Parece que Jesus ficava quieto naquele dia.

"Quer dizer que, mesmo tendo apenas mais uma semana de vida, Jesus guardou o dia de descanso?"

Até onde podemos dizer, sim.

16 de março

Cantarei para sempre o amor do Senhor.

Salmo 89:1

O amor de Deus não é humano. Não é normal. O amor divino olha o seu pecado e, ainda assim, ama você. Será que Deus aprova seus erros? Não. É preciso se arrepender dos pecados? Sim. Mas você se arrepende pelos pecados de quem? Dos seus. Deus não precisa se desculpar por nada. Seu amor não precisa de escoras.

E ele não poderia amar você mais do que já ama neste momento.

17 de março

Oro para que [...] vocês possam, juntamente com todos os santos, [...] conhecer o amor de Cristo.

Efésios 3: 17-19

Do berço em Belém até a cruz em Jerusalém, refletimos sobre o amor de nosso Pai. O que você diria a respeito desse tempo de emoção? Ao se conscientizar de que Deus preferiu morrer do que viver sem você, como reage? Como fazer para explicar tamanha paixão?

18 de março

De que adianta, meus irmãos, alguém dizer que tem fé, se não tem obras? Acaso a fé pode salvá-lo?

Tiago 2:14

A mensagem de Tiago é explícita; o estilo é objetivo. Falar é fácil, ele argumenta. Servir é que é difícil.

Não é que as obras salvem o cristão, mas elas devem sinalizar sua salvação. Segundo a lógica de Tiago, nós, que recebemos tanto, devemos retribuir na mesma proporção. Não apenas com palavras, mas com nossa vida.

19 de março

Mas eu, quando estiver com medo, confiarei em ti.

Salmo 56:3

Como Jesus foi capaz de suportar o terror da crucificação? Antes de ser crucificado, Ele apresentou seus temores ao Pai.

Faça o mesmo com os seus medos. Não evite os jardins do Getsêmani da vida. Entre neles. Só não o faça sozinho. E enquanto estiver lá, seja honesto. É permitido socar o chão. Chorar também.

E seja específico... Ele sabe do que você precisa.

20 de março

Mas aquele a quem pouco foi perdoado, pouco ama.

Lucas 7:47

Acreditar que estamos total e eternamente livres de nossas dívidas nem sempre é fácil. Mesmo que nos apresentássemos diante do trono e ouvíssemos isso da boca do próprio Rei, ainda assim duvidaríamos. Por essa razão, muitos recebem pouco perdão — não porque a graça do Rei seja limitada, mas porque a fé do pecador é insuficiente. Deus está disposto a perdoar a todos. Ele está pronto para apagar os registros de nossos pecados. Ele nos conduz a um mar de compaixão e convida a mergulhar. Alguns o fazem, mas outros se contentam em tocar apenas a superfície.

21 de março

Ele derramou sua vida até a morte.

Isaías 53:12

A cena é bem simples; você não terá dificuldades em reconhecer. Um bosque de oliveiras. O chão cheio de pedras grandes. Uma cerca baixa feita de pedras. Uma noite muito, muito escura...

Consegue ver aquela figura solitária? Ela está deitada no chão. Sua face está coberta de pó e lágrimas. Os punhos socam a terra dura...

Aquele é Jesus. Deus nunca foi mais humano do que naquela hora. Ele nunca esteve tão perto de nós do que quando sofreu.

22 de março

Este homem lhes foi entregue por propósito determinado e pré-conhecimento de Deus.

Atos 2:23

Jesus planejou o próprio sacrifício.

Deliberadamente, plantou a árvore cuja madeira seria talhada para fazer Sua cruz.

Por vontade própria, colocou no coração da terra o minério de ferro que seria fundido para fabricar os cravos.

Cristo foi aquele que pôs em movimento as maquinações políticas que enviariam Pilatos a Jerusalém.

Ele não tinha que fazer aquilo... mas fez.

23 de março

Enquanto temos oportunidade, façamos o bem a todos.

Gálatas 6:10

Pessoas amáveis são serenas. Elas param o carrinho do supermercado para que a jovem mãe com os três filhinhos possa passar a frente na fila do caixa. Elas colocam a lata de lixo do vizinho no lugar quando a encontram virada. E são especialmente gentis na igreja. Elas entendem que a pessoa mais necessitada que encontrarão durante a semana pode ser aquela na entrada do templo ou sentada no banco de trás durante o louvor.

24 de março

O bom pastor dá a sua vida pelas ovelhas.

João 10:11

Deus está em uma cruz. O criador do universo está morrendo.

Cuspe e sangue se misturam e ressecam em sua face, e seus lábios estão rachados e inchados. Os espinhos rasgam o couro cabeludo. Os pulmões sofrem com uma dor aguda. As pernas são tomadas de cãibras e não há ninguém que o salve, pois Ele está se entregando em sacrifício.

Não são seis horas comuns... não é uma sexta-feira comum.

25 de março

Nele foram criadas todas as coisas nos céus e na terra, as visíveis e as invisíveis, sejam tronos ou soberanias, poderes ou autoridades.

Colossenses 1:16

Que lista fenomenal! Céus e terra. Visíveis e invisíveis. Tronos, soberanias, poderes e autoridades. Nada, nenhum lugar e ninguém é omitido. A pele do ouriço-do-mar. O pelo no couro do elefante. O furacão que destrói a costa, a chuva que alimenta o deserto, a primeira pulsação da criança, o último suspiro do idoso — tudo isso remete à mão de Cristo, o primogênito da criação.

26 de março

O Senhor não desamparará o seu povo; jamais abandonará a sua herança.

Salmo 94:14

Quando todos rejeitam você, Cristo acolhe. Quando todos abandonam você, Cristo encontra. Quando ninguém quer você, Cristo reivindica. Quando ninguém dedica tempo a você, Cristo oferece as palavras de eternidade...

Qual é a obra de Deus? Aceitar as pessoas... Cuidar, em vez de condenar.

27 de março

E houve trevas sobre toda a terra, do meio-dia às três horas da tarde.

Mateus 27:45

É claro que o céu está escuro; as pessoas estão levando a Luz do mundo....

O céu está em lágrimas. Ouve-se o balido de um cordeiro. Lembra a hora do grito? "Por volta das três horas da tarde, Jesus bradou em alta voz..." Três da tarde, hora do sacrifício no templo. Menos de uma milha a leste dali, um sacerdote ricamente vestido conduz um cordeiro ao sacrifício sem saber que seu trabalho é em vão. O céu não está olhando para o cordeiro dos homens, mas para "o Cordeiro de Deus, que tira o pecado do mundo". (João 1:29)

28 de março

[Deus] é poderoso para impedi-los de cair.

Judas 24

Será que Deus pode mesmo impedir que você peque? Para responder a essa pergunta, procure uma árvore na encosta de um monte. Uma árvore mais antiga que o próprio tempo. Uma árvore que cobre os erros de seu passado e os problemas de seu futuro Tenha certeza: aquela árvore nunca será derrubada.

29 de março

Pai, perdoa-lhes, pois não sabem o que estão fazendo.

Lucas 23:24

Como pôde Jesus, com o coração dilacerado pelo sofrimento, os olhos cobertos pelo próprio sangue e os pulmões ansiando pelo ar, falar em favor de alguns assassinos sem coração? Isso está acima da minha compreensão. Nunca, jamais, vi um amor como esse. Se alguém já mereceu uma chance de vingança, essa pessoa foi Jesus. Mas Ele não fez isso. Pelo contrário, Ele morreu por todas as pessoas. Como pôde fazer isso? Não sei. Mas sei que, de repente, minhas feridas parecem muito menos dolorosas. Minhas mágoas e sentimentos ruins tornaram-se infantis.

30 de março

Ele é a nossa paz, [...] e destruiu a barreira, o muro de inimizade.

Efésios 2:14

Somos culpados; Ele é inocente.

Somos corruptos; Ele é puro.

Estamos errados. Ele está certo.

Ele não está naquela cruz por pecados que cometeu; está ali por causa dos nossos pecados.

31 de março

Este homem não cometeu nenhum mal.

Lucas 23:14

Finalmente apareceu alguém para defender Jesus. Pedro fugiu. Os discípulos se esconderam. Os juízes o acusaram. Pilatos lavou as mãos. Muitos poderiam ter testemunhado a favor de Jesus, mas ninguém o fez. Até agora. Palavras amáveis saíram dos lábios de um ladrão. Ele faz seu pedido: "Jesus, lembra-te de mim quando entrares no teu Reino". (Lucas 23:42)

O Salvador volta a cabeça pesada na direção do filho pródigo e promete: "Hoje você estará comigo no paraíso" (v. 43).

1º de abril

Tenho lhes dito estas palavras para que a minha alegria esteja em vocês.

João 15:11

Pense na alegria de Deus. O que pode obscurecê-la? O que pode sufocá-la? Será que Deus está sempre de mau humor por causa do tempo fechado? Será que fecha o semblante por causa dos engarrafamentos no trânsito? Ou será que se recusa a fazer a terra girar porque se sente magoado?

Nada disso. A alegria e a paz de Deus não podem ser abaladas ou roubadas pelas circunstâncias.

2 de abril

Ele não tinha qualquer beleza ou majestade que nos atraísse.

Isaías 53:2

Um sorriso impressionante? Um físico invejável? Não. Ninguém virava a cabeça para acompanhar a passagem de Jesus. Se era como as pessoas de seu tempo, Ele tinha o rosto largo de um camponês, a pele morena, cabelos encaracolados e curtos e um nariz proeminente. Sua altura era de mais ou menos um metro e sessenta, e pesava cerca de cinquenta quilos. Dificilmente seria capa de alguma revista.

E você? Sua aparência e seu jeito são muito comuns? Ele era assim também. E passou por tudo que você passa.

3 de abril

Na casa de meu Pai há muitos aposentos; se não fosse assim, eu lhes teria dito.

João 14:2

"Está consumado!", Ele bradou.

E o grande Criador voltou para casa.

(No entanto, Ele não está descansando. Dizem que Suas mãos incansáveis estão preparando uma cidade tão gloriosa que até os anjos ficam arrepiados só de ver. Considerando o que Ele já fez até agora, aí está uma criação que pretendo ver.)

4 de abril

Se o Filho os libertar, vocês de fato serão livres.

João 8:36

Tentar chegar ao céu sendo bonzinho é como tentar chegar à lua num raio de luar: a ideia é muito bonita, mas tente para ver o que acontece.

Preste atenção: desista de tentar esconder sua culpa. É impossível. Não tem jeito. Nem adianta tomar uma garrafa de cachaça ou ir à igreja todos os domingos. Sinto muito. Nem sei se você é uma pessoa tão má assim — não pode ser tão má a ponto de se esquecer de sua maldade. E não importa se é uma pessoa muito boa. É impossível ser bom o suficiente para superar a barreira que nos separa de Deus. Você precisa de um Salvador.

5 de abril

Mas o fruto do Espírito é amor, alegria, paz, paciência...

Gálatas 5:22

Você já pediu a Deus que lhe concedesse algum fruto? "Bem, eu fiz isso uma vez, mas..." Mas o quê? Ficou impaciente? Peça a Ele de novo, de novo e ainda mais uma vez. Ele não perderá a paciência com sua perseverança, e você receberá a paciência que está pedindo em oração.

E enquanto estiver orando, peça por entendimento. "O homem paciente dá prova de grande entendimento." (Provérbios 14:29) Será que sua impaciência tem a ver com falta de entendimento? A minha tem

6 de abril

Temos plena confiança para entrar no Santo dos Santos [...] por um novo e vivo caminho [...] por meio do véu, isto é, do seu corpo.

Hebreus 10:19,20

Para os leitores hebreus daquela época, estas últimas palavras eram dinamite pura: "... por meio do véu, isto é, do seu corpo [de Cristo]." Segundo o autor, o véu simbolizava Jesus. Por essa razão, o que aconteceu com a carne de Jesus aconteceu com o véu. O que houve com a carne de Cristo? Ela foi rasgada. Rasgada pelas chicotadas, pelos espinhos. Rasgada pelo peso da cruz e pela ponta dos cravos. Mesmo assim, no horror de sua carne rasgada encontramos o esplendor de uma porta aberta. Somos bem-vindos para entrar na presença de Deus — a qualquer dia e a qualquer hora.

7 de abril

Ninguém pode entrar no Reino de Deus, se não nascer da água e do Espírito.

João 3:5

Quando você crê em Cristo, Ele opera um milagre em sua vida. "Quando vocês ouviram e creram na palavra da verdade, o evangelho que os salvou, vocês foram selados em Cristo com o Espírito Santo da promessa..." (Efésios 1:13). Você foi permanentemente purificado pelo próprio Deus, que também concedeu Seu poder. A mensagem de Jesus aos piedosos é simples: "Não é o que você faz, mas o que Eu faço. Eu tomei a iniciativa." E assim, no tempo certo, você poderá falar como o apóstolo Paulo: "Já não sou eu quem vive, mas Cristo vive em mim." (Gálatas 2:20)

8 de abril

Nem altura nem profundidade, nem qualquer outra coisa na criação será capaz de nos separar do amor de Deus que está em Cristo Jesus, nosso Senhor.

Romanos 8:39

Não importa o que você faça; não importa de que altura caia; não importa o quanto você fique feio — é impossível se separar do amor de Deus, tão inexorável, eterno, insondável e inextinguível. Jamais!

9 de abril

Certamente este homem era justo.

Lucas 23:47

Tudo quanto o centurião romano viu foi o sofrimento de Jesus. Nunca o ouvira pregar; jamais vira o Salvador curar nem o seguira com as multidões. Ele não havia testemunhado quando Jesus acalmou o vento; só presenciou o modo como Ele morreu. Mas só bastou isso para que aquele soldado desse um passo gigantesco de fé: "Certamente este homem era justo."

Qualquer um pode pregar o evangelho em um monte cercado de margaridas, mas só alguém cheio de fé pode *viver* o evangelho em uma montanha de dor.

10 de abril

Acaso Deus não fará justiça aos seus escolhidos, que clamam a ele dia e noite? [...] Ele lhes fará justiça, e depressa.

Lucas 18:7,8

Quando buscamos a Deus, fazemos pedidos; não apresentamos uma lista de exigências. Nós o procuramos com grandes esperanças e um coração humilde. Declaramos o que precisamos, mas oramos por aquilo que é certo. E se Deus nos concede uma prisão em Roma em vez de uma missão na Espanha, aceitamos porque sabemos que "Deus fará justiça aos seus escolhidos".

Buscamos a Deus, nos curvamos diante Dele e *confiamos Nele.*

11 de abril

Aquele que perseverar até o fim será salvo.

Mateus 24:13

Em português, a pessoa com a capacidade de manter o propósito e não desistir "tem garra". Veja que simbolismo interessante!

Uma pessoa que "tem garra" se prende à parede do despenhadeiro e, por isso, não cai.

O mesmo acontece com os salvos. Eles podem se aproximar da beira do precipício. Podem até tropeçar e escorregar. Mas aí enfiarão as garras na rocha, que é Deus, e manterão a firmeza.

12 de abril

Ele não está aqui, ressuscitou.

Mateus 28:6

A crucificação foi marcada por uma escuridão repentina, pelo silêncio dos anjos e pela zombaria dos soldados. Mas, diante do sepulcro vazio, os soldados ficam em silêncio, um anjo fala e a luz resplandece como a de um vulcão. O anjo afirma que aquele dado como morto está vivo, e os soldados, que estão vivos, parecem mortos. As mulheres sabem que alguma coisa está acontecendo... O anjo informa: "Ele não está aqui, ressuscitou." O céu desativou o poder da sepultura; eu e você não temos mais motivos para temer. A morte é ineficaz.

13 de abril

Estou convencido de que aquele que começou boa obra em vocês, vai completá-la até o dia de Cristo Jesus.

Filipenses 1:6

Não desconhecemos apenas o passado — nada sabemos também sobre o futuro. Como ousaríamos julgar um livro cujos capítulos ainda não foram escritos? Como se pode desprezar uma alma antes de Deus dar sua obra como completa?

Tome cuidado! O Pedro que nega Jesus na fogueira desta noite pode proclamá-lo amanhã sob o fogo do Pentecostes. Um pastor gago de agora pode se tornar o poderoso Moisés do futuro.

14 de abril

Na casa de meu Pai há muitos aposentos.

João 14:2

Jesus vai de um coração ao outro, perguntando se pode entrar...

De vez em quando, Ele é bem-vindo. Alguém abre a porta do coração e convida Jesus a entrar e ficar. E a essa pessoa Jesus faz esta grande promessa: "Na casa de meu Pai há muitos aposentos."

"Há espaço de sobra para você", ele diz... Quando abrimos espaço para Jesus no coração, Ele abre espaço em seu lar para nós.

15 de abril

Cristo morreu pelos nossos pecados.

1 Coríntios 15:3

A cruz.

Meu Deus, que pedaço de madeira! A História a idolatrou e desprezou; pintou-a de ouro e a queimou; usou-a e a rejeitou. A História fez tudo com a cruz, menos ignorá-la.

Essa é a única opção que a cruz não oferece.

Ninguém consegue ignorá-la.

16 de abril

Em amor nos predestinou para sermos adotados como filhos, por meio de Jesus Cristo.

Efésios 1:5

E você pensava que havia recebido a adoção divina por causa de sua boa aparência. Achava que Ele precisava do seu dinheiro ou da sua sabedoria. Sinto muito. Deus adotou você simplesmente porque quis. Você foi alvo da boa vontade divina. Aprouve a Deus fazer isso. Sabendo muito bem da encrenca que esperava por você e do preço que teria de pagar, Ele assinou o nome perto do seu. Ele mudou seu nome e levou você para casa. Você foi adotado por seu "Aba" e Ele se tornou seu "Paizinho".

17 de abril

Vão e digam aos discípulos dele e a Pedro: Ele está indo adiante de vocês para a Galileia.

Marcos 16:7

Se eu fosse parafrasear essas palavras, diria: "Vão e digam aos discípulos dele", faria uma pausa e completaria com um sorriso: "e especialmente a Pedro: Ele está indo adiante de vocês para a Galileia"...

É como se todo o céu tivesse testemunhado a queda de Pedro e quisesse ajudá-lo a se reerguer... Não é de admirar que esse evangelho seja chamado de "evangelho da segunda chance".

18 de abril

Moisés estendeu a mão, pegou a serpente e esta se transformou numa vara em sua mão.

Êxodo 4:4

Assim que a mão de Moisés tocou o corpo sinuoso da serpente, ele se enrijeceu. E Moisés ergueu a vara... A mesma vara que ele ergueria para dividir as águas e guiar dois milhões de pessoas no deserto. A vara que lembraria a Moisés que, se Deus pode transformar um pedaço de pau em uma cobra e voltar a transformá-lo em madeira, então talvez possa fazer alguma coisa com corações obstinados e pessoas de dura cerviz.

Talvez Ele possa fazer algo com as coisas banais.

19 de abril

Fui crucificado com Cristo. Assim, já não sou eu quem vive, mas Cristo vive em mim.

Gálatas 2:20

Para cada Caifás astuto há um Nicodemos ousado. Para cada Herodes cínico existe um Pilatos questionador. Para cada Judas vira-casaca há um João fiel. Havia algo na crucificação que fez todas as testemunhas darem um passo à frente ou para trás. .

Mais de dois mil anos depois, nada mudou... Podemos fazer o que quisermos com a cruz. Podemos analisar sua história, estudar sua teologia... Ainda assim, a única coisa que não poderemos fazer é sair imunes da sua realidade.

20 de abril

Bendito seja o Deus e Pai de nosso Senhor Jesus Cristo, Pai das misericórdias e Deus de toda consolação.

2 Coríntios 1:3

Incentive aqueles que estão enfrentando batalhas. Não sabe o que dizer? Então abra sua Bíblia...

Ao aflito: "Deus mesmo disse: 'Nunca o deixarei, nunca o abandonarei'." (Hebreus 13:5)

Ao oprimido pela culpa: "Não há condenação para os que estão em Cristo Jesus." (Romanos 8:1)

21 de abril

Ele [Tomé] lhes disse: "Se eu não vir as marcas dos pregos nas suas mãos, e não colocar o meu dedo onde estavam os pregos."

João 20:25

Jesus deu exatamente o que Tomé queria. Ele estendeu suas mãos uma vez mais. E Tomé foi tomado pela surpresa. Ele demorou a se dar conta, depois deitou-se com o rosto no chão e chorou: "Senhor meu e Deus meu!" (João 20:28)

Jesus provavelmente sorriu. Ele sabia que Tomé era um vencedor... Há uma lenda segundo a qual ele foi morto durante uma viagem de navio à Índia porque ninguém conseguia impedi-lo de falar sobre o amigo que havia ressuscitado.

22 de abril

Eu sou o bom pastor; conheço as minhas ovelhas, e elas me conhecem.

João 10:14

Você pode contar com um Deus que ouve, que protege sua retaguarda com o poder de seu amor; com o Espírito Santo que vive dentro de você; e com o céu que está diante de você. Se você tem o Pastor, também dispõe de graça toda vez que peca, de orientação a cada desvio, de uma luz a cada esquina, e de uma âncora em todas as tempestades. Você tem tudo de que precisa.

23 de abril

Ou vocês não sabem que todos nós, que fomos batizados em Cristo Jesus, fomos batizados em sua morte?

Romanos 6:3

Nós devemos a Deus uma vida de perfeição. Obediência perfeita a cada mandamento. Não apenas o batismo, mas também a humildade, a honestidade e a integridade. Não somos capazes de pagar essa dívida. É mais fácil pagar a dívida externa. Mas Cristo pode, e Ele pagou. Seu batismo no Jordão é um simbolismo de seu batismo em nosso pecado. Com esse gesto, Ele proclama: "Pode deixar, eu pago."

O seu batismo é uma resposta: "Com certeza, eu deixo." Ele faz a oferta pública. Nós aceitamos publicamente.

24 de abril

Por isso é preciso que prestemos maior atenção ao que temos ouvido.

Hebreus 2:1

A estabilidade em tempos turbulentos não é resultado da busca por uma nova mensagem, mas da compreensão de uma mensagem antiga. Os pontos mais confiáveis da fé não são descobertas recentes, mas verdades testadas com o tempo, pois continuaram firmes no solo, apesar dos ventos de mudança. São verdades como:

"Minha vida não é em vão"; "Meus erros não são fatais"; e: "Minha morte não é o fim."

25 de abril

[Deus] concede graça aos humildes.

Tiago 4:6

Deve haver um santuário no céu em honra à capacidade incomum que Deus tem de usar coisas comuns.

É um lugar que você não vai querer deixar de ver. Dê um passeio e veja a corda de Raabe, o balde de Paulo, o estilingue de Davi e a queixada de jumento usada por Sansão. Tome em suas mãos a vara que dividiu o mar e fendeu a rocha. Sinta o perfume do unguento derramado sobre a pele de Jesus e que elevou seu coração...

Não sei se esses itens estarão lá, mas tenho certeza de uma coisa: as pessoas que os usaram estarão.

26 de abril

[Jesus] subiu a um monte para orar.

Marcos 6:46

O que Jesus faz quando estamos no meio da tempestade? Você vai adorar saber: Ele ora por nós...

E o que isso quer dizer? Enquanto Jesus está orando e estamos enfrentando a tempestade, o que devemos fazer? É simples: fazemos o que os discípulos fizeram. Nós remamos...

Passamos uma parte considerável da vida remando... Levantando da cama. Fazendo o almoço... Mais lutas do que momentos de conforto.

27 de abril

Mas receberão poder quando o Espírito Santo descer sobre vocês.

Atos 1:8

Lembra do medo dos discípulos diante da crucificação? Eles fugiram. Apavorados como gatos dentro da carrocinha...

Mas vamos avançar quarenta dias... Pedro está pregando no mesmo lugar em que Cristo fora aprisionado. Os discípulos de Jesus desafiam os inimigos do Salvador... Depois da ressurreição, a ousadia que sentem é proporcional à covardia antes dela.

Qual a explicação? Um Cristo ressurreto e seu Espírito Santo. A coragem daqueles homens e daquelas mulheres foi forjada no fogo da sepultura vazia.

28 de abril

Ele é a imagem do Deus invisível, o primogênito de toda a criação.

Colossenses 1:15

Toda a criação? Tente encontrar uma exceção. A sogra de Pedro tinha febre; Jesus repreendeu a enfermidade. Havia um imposto a ser pago; Ele o faz com uma moeda tirada da boca de um peixe. Quando cinco mil estômagos roncam, Jesus apresenta a cestinha de um garoto com um bufê completo dentro dela. Jesus emanava autoridade. Ele pisca o olho e a natureza salta. Ninguém discute quando, ao fim de sua vida na terra, o Deus-homem declara: "Foi-me dada toda a autoridade nos céus e na terra." (Mateus 28:28)

29 de abril

Deus é a força do meu coração.

Salmos 73:26

Deus torce por você. Dê uma olhada na lateral do campo: é Deus balançando a bandeira enquanto você avança para o gol. Olhe para trás: Ele está aplaudindo sua jogada. Ouça a voz de Deus vinda da arquibancada, gritando seu nome. Está cansado demais para continuar? Ele carregará você. Não tem mais coragem para lutar? Ele erguerá você. Deus torce por você.

30 de abril

Reina o Senhor, o nosso Deus, o Todo-poderoso. Regozijemo-nos! Vamos alegrar-nos e dar-lhe glória!

Apocalipse 19:6,7

No livro de Apocalipse, nós, os soldados, somos privilegiados com um breve vislumbre do campo onde acontecerá a batalha final. O inferno todo é liberado enquanto todo o céu parte contra ele. Os dois se enfrentam na batalha definitiva do bem contra o mal. De pé, entre a fumaça e os trovões, está o Filho de Deus. Jesus, nascido em uma manjedoura — agora triunfante sobre Satanás...

E a nós, soldados, é assegurada a vitória.

Marchemos.

1º de maio

Pois ele fere, mas trata ao ferido; ele machuca, mas suas mãos também curam.

Jó 5:18

Ah, as mãos de Jesus. Mãos da encarnação, quando de seu nascimento. Mãos de libertação, quando Ele operava a cura. Mãos de inspiração, quando Ele ensinava. Mãos de dedicação, quando Ele servia. E mãos de salvação, quando Ele morreu…

A mesma mão que purificou o Templo purifica o seu coração.

Essa mão é a mão de Deus.

2 de maio

Os testemunhos do Senhor são dignos de confiança, e tornam sábios os inexperientes.

Salmo 19:7

"Os testemunhos do Senhor", escreveu Davi, "tornam sábios os inexperientes".

O testemunho de Deus. Quando foi a última vez que você testemunhou a presença do Pai celestial? No passeio em uma campina com grama na altura do joelho? Ouvindo as gaivotas?... ou testemunhando os raios de sol sobre a neve durante uma manhã fresca de inverno?

Os milagres acontecem o tempo todo ao nosso redor; só precisamos prestar atenção.

3 de maio

Considero tudo como perda, comparado com a suprema grandeza do conhecimento de Cristo Jesus, meu Senhor.

Filipenses 3:8

Ele foi a pessoa mais importante que já viveu... O ponto alto de um desfile? É difícil. Ninguém mais divide a rua com Ele. Mas quem pode se aproximar? O que a humanidade tem de melhor e mais luminoso desaparece como um falso brilhante perto Dele...

Se Jesus fosse apenas Deus, poderia nos criar, mas não nos entenderia. Se Jesus fosse apenas homem, poderia nos amar, mas não nos salvaria. Mas um Jesus Deus-homem? Tão perto que podemos tocá-lo. Tão forte que podemos confiar Nele.

4 de maio

Este pobre homem clamou, e o Senhor o ouviu; e o libertou de todas as suas tribulações.

Salmo 34:6

Corra para Jesus. Ele deseja que você o busque. Ele quer se tornar a pessoa mais importante de sua vida, o maior amor que você já conheceu. Jesus deseja que você o ame de tal maneira que não haja espaço em seu coração e em sua vida para o pecado. Convide-o a morar em seu coração.

5 de maio

Se somos infiéis, ele permanece fiel, pois não pode negar-se a si mesmo.

2 Timóteo 2:13

Nossos humores podem mudar, mas os de Deus não mudam.

Nosso jeito de pensar pode mudar, mas o de Deus não muda.

Nossa dedicação pode vacilar, mas a de Deus nunca vacila.

Mesmo que sejamos infiéis, Ele é fiel, pois não pode negar a Si mesmo.

Ele é um Deus digno de confiança.

6 de maio

Pois, dada a ordem, com a voz do arcanjo e o ressoar da trombeta de Deus, o próprio Senhor descerá dos céus.

1 Tessalonicenses 4:16

Você já parou para pensar que ordem será essa? Será o discurso de inauguração do céu.

Pode ser que eu esteja errado, mas acho que a ordem que colocará um ponto final nos sofrimentos da terra e dará início às alegrias do céu será composta de uma palavra: "Chega".

Chega de solidão. Chega de choro. Chega de morte. Chega de tristeza. Chega de lamento. Chega de sofrimento.

7 de maio

"Hoje você estará comigo no paraíso."

Lucas 23:43

Um criminoso condenado foi enviado à morte em seu país. Em seus últimos momentos, pediu clemência. Se tivesse pedido a misericórdia do povo, ela seria negada. Se pedisse ao governo, seria negada... Mas não foi ao povo nem ao governo que ele clamou por graça. Em vez disso, ele se dirigiu àquele homem ensanguentado, forma humana do Único, que pendia na cruz ao seu lado. O criminoso implorou: "Jesus, lembra-te de mim quando entrares no teu Reino." E Jesus respondeu, dizendo: "Eu lhe garanto: Hoje você estará comigo no paraíso."

8 de maio

O dia do Senhor, porém, virá como ladrão.

2 Pedro 3:10

Paulo diz: “Mas se esperamos o que ainda não vemos, aguardamo-lo pacientemente.” (Romanos 8:25)

Pedro nos adverte: “Vivam de maneira santa e piedosa, esperando o dia de Deus e apressando a sua vinda.” (2 Pedro 3:11,12)

A esperança no futuro não nos autoriza a sermos irresponsáveis no presente. Esperemos com ousadia, mas esperemos.

9 de maio

No princípio Deus criou

Gênesis 1:1

Mãos poderosas se puseram a trabalhar...

Do nada surgiu a luz. Da luz veio o dia...

Os vales foram formados. Os oceanos também. Montanhas se elevaram das planícies. As estrelas foram espalhadas. O universo cintilou.

As mãos por trás de tudo isso eram poderosas.

Deus é poderoso.

10 de maio

Então [Davi] tirou tudo aquilo [a armadura de Saul] e em seguida pegou seu cajado, escolheu no riacho cinco pedras lisas.

1 Samuel 17:39,40

O rei tentou convencer Davi a usar alguns equipamentos. "Do que você precisa, garoto? Um escudo? Uma espada?"

Davi tinha outra coisa em mente. Cinco pedras lisas e um estilingue de couro comum.

Os soldados mal conseguiam respirar. Saul ficou apreensivo. Golias zombou. Davi girou o braço. E Deus ensinou a lição. "Qualquer um que subestima o que Deus pode realizar com as coisas e pessoas comuns, leva pedras na cabeça."

11 de maio

Para onde poderia fugir da tua presença? Se eu subir aos céus, lá estás; se eu fizer a minha cama na sepultura, também lá estás.

Salmo 139:7,8

Perguntar "Onde está Deus?" é equivalente a um peixe querer saber onde está a água e um pássaro perguntar onde está o ar. Deus está em toda parte! Ele está presente em Pequim e no Rio de Janeiro. Atua tanto na vida de quem vive na Islândia ou na de quem mora no Texas. É impossível achar um lugar onde Deus não esteja.

12 de maio

Faça a obra de um evangelista.

2 Timóteo 4:5

Para cada herói em evidência, há dúzias deles na obscuridade. Eles não são procurados pela imprensa. Não arrastam multidões aonde vão. Nem mesmo escrevem livros!

Por trás de um deslizamento de terra há a primeira pedrinha. Da mesma forma, basta uma santa pregação para promover um avivamento...

O Charles Spurgeon de amanhã pode estar ceifando em seu terreno. E o herói que o inspira pode estar mais perto do que você imagina. Pode estar em seu espelho.

13 de maio

Aquele que perseverar até o fim será salvo.

Mateus 10:22

Você se sente desmotivado ou desmotivada como pai ou mãe? Não desista. Está pessimista quanto a seu emprego? Arregace as mangas e siga em frente. Falta comunicação no casamento? Dê mais uma chance ao amor...

A Terra da Promessa, garante Jesus, aguarda para ser ocupada por aqueles que permanecerem firmes. Não é apenas para aqueles que chegam na frente e tomam champanhe no pódio. Não, senhor. A Terra da Promessa é para os que simplesmente perseveram até o fim.

14 de maio

O Senhor conduza o coração de vocês ao amor de Deus e à perseverança de Cristo.

2 Tessalonicenses 3:5

A maioria nem sempre tem razão. Se a maioria tivesse decidido, os filhos de Israel nunca teriam deixado o Egito. Eles teriam votado por continuar no cativeiro. Se a maioria tivesse decidido, Davi nunca teria lutado contra Golias. Seus irmãos teriam votado para que ele permanecesse com as ovelhas. Qual é a moral da história? Você precisa ouvir o que seu coração diz.

Deus afirma que você está no caminho certo para se tornar um discípulo quando você pode manter uma mente limpa e o coração puro.

15 de maio

Com sabedoria se constrói a casa, e com discernimento se consolida.

Provérbios 24:3

Você acredita em seus filhos? Então marque presença. Apareça quando estiverem participando de alguma atividade esportiva. Esteja presente quando estiverem brincando. Compareça às apresentações de música e dança. Sua presença pode não ser possível em todos os momentos, mas o esforço vale a pena, sem dúvida...

Você acredita em seus amigos? Então apareça. Vá às festas de formatura e casamento. Dedique tempo a eles. Quer extrair o melhor de uma pessoa? Então apareça.

16 de maio

A piedade com contentamento é grande fonte de lucro.

1 Timóteo 6:6

Quando rendemos a Deus o fardo incômodo do descontentamento, não só desistimos de uma coisa — nós ganhamos outra. Deus substitui esse sentimento por uma gratidão bem mais leve, feita sob medida, e à prova de tristezas.

O que você ganha com essa renovação? Pode salvar seu casamento; ganhar horas preciosas com seus filhos; e mais alegria de viver.

17 de maio

Quem é comparável a ti, ó Deus, que perdoas o pecado [...] de novo terás compaixão de nós.

Miqueias 7:18,19

Quando José foi jogado em uma armadilha por seus irmãos, Deus não desistiu.

Quando Moisés disse: "Estou aqui, envie Aarão", Deus não desistiu...

Quando Pedro O adorou na ceia e O negou perto da fogueira, Ele não desistiu.

Deus nunca desiste.

18 de maio

Se vocês tiverem fé [...] assim será feito.

Mateus 21:21

Deus sempre se alegra quando ousamos sonhar. De fato, somos muito parecidos com Ele quando sonhamos... Ele é especialista em transformar o impossível em possível...

Pastores de oitenta anos não costumam desafiar faraós... mas não conte isso a Moisés.

Pastores adolescentes não costumam enfrentar gigantes... mas não conte isso a Davi... E com certeza, não conte isso a Deus.

19 de maio

Quando terminou de lavar-lhes os pés, Jesus tornou a vestir sua capa e voltou ao seu lugar.

João 13:12

Por favor, repare: ele "terminou" de lavar-lhes os pés. Isso significa que não faltou nenhum deles... Ele lavou os pés de Judas. Jesus lavou os pés de seu traidor. Ele deu ao traidor a mesma atenção. Apenas algumas horas depois, os pés de Judas guiariam o guarda romano a Jesus. Mas, naquele momento, estavam recebendo os cuidados de Cristo...

Nem dá para dizer que foi fácil... Mas Deus nunca pedirá a você para fazer algo que Ele mesmo não tenha feito antes.

20 de maio

A fé e a esperança de vocês estão em Deus.

1 Pedro 1:21

Você jamais será completamente feliz na terra simplesmente porque não foi feito para viver nela. Ah, é claro que terá momentos de alegria. Captará os lampejos, conhecerá momentos e até mesmo dias de paz. Mas nada disso pode se comparar com a alegria que Deus nos reserva mais adiante.

21 de maio

Mas os humildes receberão a terra por herança e desfrutarão pleno bem-estar.

Salmo 37:11

Os humildes são aqueles que estão dispostos a serem usados por Deus. Encantados pelo fato de serem alvos da salvação divina, eles se surpreendem ao saber que Deus pode usá-los. São como instrumentistas da bandinha da escola tocando ao lado de lendas da música popular: não dizem ao maestro como reger — se limitam a vibrar por fazerem parte do show.

22 de maio

Graças a Deus por Jesus Cristo, nosso Senhor!

Romanos 7:25

Mudar as roupas não é suficiente para mudar um homem. A disciplina externa não altera o que ele é por dentro. Novos hábitos não geram uma nova alma. Não estou dizendo que a mudança externa seja ruim, pelo contrário. Quero dizer que a mudança externa não é suficiente. Se alguém deseja ver o Reino de Deus, precisa nascer de novo.

O primeiro nascimento foi para a vida na terra; o segundo é para a vida eterna.

23 de maio

A sua vida está escondida com Cristo em Deus.

Colossenses 3:3

"A sua vida está escondida com Cristo em Deus." A língua chinesa possui um ótimo símbolo para essa verdade. A palavra "justiça" é representada pela combinação de duas figuras. No alto, há um cordeiro. Embaixo do cordeiro há uma pessoa. O cordeiro cobre a pessoa. Não seria essa a essência da justiça? O Cordeiro de Deus sobre os filhos do Senhor? Toda vez que o Pai olha do alto para você... ele vê o Filho, o Cordeiro de Deus perfeito, sobre sua vida, guardando-a.

24 de maio

[A] justiça de Deus [se manifesta] mediante a fé em Jesus Cristo para todos os que creem.

Romanos 3:22

Mesmo que você tenha caído ou fracassado, mesmo que seja alvo da rejeição de todas as pessoas, Cristo não desamparará nem dará as costas. Ele veio primeiro para as pessoas desesperançadas. Ele se interessa por aqueles que ninguém mais procura e diz: "Eu darei a vida eterna a você."

25 de maio

"Siga-me". Mateus levantou-se e o seguiu.

Mateus 9:9

Você pode ter se perguntado: "O que Jesus viu em Mateus?"

Seja o que for, ele viu alguma coisa naquele cobrador de impostos. Mateus ouviu a convocação e nunca mais voltou. Ele passou o resto da vida convencendo as pessoas que o carpinteiro era o Rei. Jesus o convocou e nunca voltou atrás. Ele entregou a vida por gente como Mateus. Com isso, convenceu muitos de nós que, se havia um lugar para Mateus, então deve haver um lugar para nós.

26 de maio

Aproximemo-nos do trono da graça com toda a confiança, a fim de recebermos misericórdia e encontrarmos graça que nos ajude no momento da necessidade.

Hebreus 4:16

Deus não permitirá que você veja o futuro... assim sendo, a melhor coisa a fazer é desistir de procurar. Ele promete uma lâmpada para nossos pés, e não uma bola de cristal no futuro. Não precisamos saber o que acontecerá amanhã. Só temos de compreender que Deus nos guia e que encontraremos "graça que nos ajude no momento da necessidade".

27 de maio

"[Eu] dou a minha vida pelas ovelhas."

João 10:15

As cordas usadas para amarrar as mãos de nosso Senhor e os soldados que o conduziram à cura eram desnecessários. Estavam ali por acaso. Mesmo que não estivessem, mesmo que não tivesse ocorrido um julgamento, mesmo sem Pilatos e sem multidão, a mesma crucificação aconteceria. Se Jesus fosse obrigado a cravar as próprias mãos na cruz, Ele o teria feito. Pois não foram os soldados que o mataram; nem os gritos da multidão: foi a devoção de Cristo a nós.

28 de maio

Se Deus é por nós, quem será contra nós?

Romanos 8:31

Deus está ao seu lado. Seus pais podem esquecer você; seus professores podem negligenciar você; seus irmãos podem se envergonhar de você — mas o Criador dos oceanos está ao alcance de suas orações: Deus!

Deus está com você. Eu não disse que "pode estar", "esteve", "estava" ou "estaria", mas que "Deus está...".

29 de maio

Haverá um só rebanho e um só pastor.

João 10:16

Deus tem um só rebanho. Por algum motivo, nos esquecemos disso. A divisão religiosa não é uma ideia divina... Deus tem um só rebanho. O rebanho tem um só pastor. E embora possamos achar que há muitos, estamos enganados. Há apenas um.

A Bíblia não diz em lugar algum que devemos criar unidade... Paulo nos exorta a "conservar a unidade do Espírito" (Efésios 4:3). Nossa tarefa não é a de inventar a unidade, mas de reconhecê-la.

30 de maio

Tudo posso naquele que me fortalece.

Filipenses 4:13

Relaxe. Você tem um amigo no céu. Será que o filho de Arnold Schwarzenegger se preocupa com tampas de vidros que ninguém consegue abrir? Será que o filho do fundador da Nike, Phil Knight, tem problemas quando um cadarço do tênis arrebenta?

Não. Nem você deve se preocupar. O comandante em chefe do universo conhece você pelo nome. Ele já passou pelo que você passa.

31 de maio

Deus assim nos amou, nós também devemos amar uns aos outros.

1 João 4:11

Jesus se humilhou. Ele deixou de comandar os anjos para dormir sobre a palha quando nasceu. Em vez de segurar as estrelas, agarrava o dedo de Maria. A palma da mão que sustentava o universo foi atravessada pelo cravo do soldado.

Por quê? Porque é isso que o amor produz: coloca a pessoa amada em primeiro lugar.

1º de junho

Pois nada é impossível para Deus.

Lucas 1:37

Neste mundo de orçamentos, planejamentos estratégicos e computadores, não parece difícil confiar no que é inacreditável? A tendência da maioria de nós não é a de olhar para o passado com cara feia e caminhar com muita cautela? É difícil imaginar que Deus seja capaz de nos surpreender. Abrir um pouco de espaço para a operação de milagres hoje em dia, bem, não parece um raciocínio dos mais saudáveis...

Esquecemos que "impossível" é uma das palavras preferidas de Deus.

2 de junho

A piedade com contentamento é grande fonte de lucro.

1 Timóteo 6:6

Neste mundo, o Contentamento é uma espécie de vendedor ambulante, perambulando lentamente de casa em casa e oferecendo seus produtos: uma hora de paz, um sorriso de acolhimento, um suspiro de alívio...

Quando perguntei a Ele por que tão poucos o recebiam em casa, sua resposta foi como uma sentença para mim: "Sabe como é, cobro um preço muito alto... Peço às pessoas que me troquem por sua agenda, suas frustrações e suas ansiedades... Eu deveria ter mais clientes, mas as pessoas parecem estranhamente orgulhosas de suas úlceras e dores de cabeça."

3 de junho

Vigiem e orem para que não caiam em tentação.

Marcos 14:38

"Vigiem"... Mantenham os olhos abertos. Quando você vir o pecado se aproximando, abaixe... Quando sentir a tentação, troque de calçada...

"Orem"... A oração convida Deus para caminhar conosco pelas trilhas sombrias da vida... protegendo nossa retaguarda dos dardos venenosos do inimigo.

"Vigiem e orem." Bom conselho. É bom aceitá-lo.

4 de junho

Deus [...] [quer] mostrar, nas eras que hão de vir, a incomparável riqueza de sua graça, demonstrada em sua bondade para conosco em Cristo Jesus.

Efésios 2:6,7

Deus sabe tudo sobre você e, ainda assim, não retém sua bondade. Mesmo conhecendo todos os seus segredos, alguma vez deixou de cumprir uma promessa ou tomou de volta algum presente?

Não, ele é bondoso. Por que você também não faz o mesmo? Ele perdoa suas faltas. Por que você não se perdoa também? Deus acredita em você o suficiente para torná-lo seu embaixador, seu discípulo, ou mesmo seu filho ou sua filha. Por que não aproveitar essa sugestão e acreditar também em você?

5 de junho

Eu me esforço, lutando conforme a sua força [de Cristo], que atua poderosamente em mim.

Colossenses 1:29

Deus estava com Abraão, e chegou a chamar o patriarca seu "amigo"...

Mas ele está em você. Tendo Deus em seu interior, você possui um milhão de recursos dos quais não dispunha antes!

Não consegue parar de se preocupar? Cristo consegue, e vive dentro de você. Está difícil esquecer o passado ou renunciar aos maus hábitos? Cristo ajuda! E Ele vive dentro de você.

6 de junho

Mantenham o pensamento nas coisas do alto.

Colossenses 3:2

Noivos são obsessivos quando se trata da preparação para o casamento. O vestido certo. O peso certo. O cabelo certo e o terno certo. Querem que tudo esteja absolutamente em ordem. Por que fazem isso? Para se casar? Não. Pelo contrário, eles querem apresentar a melhor aparência possível porque *estão* se casando.

O mesmo vale para nós. Desejamos apresentar nossa melhor aparência para Cristo. Queremos que nosso coração esteja puro e nossos pensamentos limpos... Queremos estar preparados.

7 de junho

"Alegrem-se comigo, pois encontrei minha ovelha perdida."

Lucas 15:6

Quando Jesus contou a história da ovelha perdida, algumas pessoas que estavam ouvindo o relato deixaram rolar uma lágrima pelo rosto porque sabiam o que era se sentir perdido no meio da multidão. Jesus queria que entendêssemos que temos um Pai zelando e cuidando de cada um de seus filhos — que todos somos igualmente valiosos para Ele.

8 de junho

Sei que a bondade e a fidelidade me acompanharão todos os dias da minha vida, e voltarei à casa do Senhor enquanto eu viver.

Salmo 23:6

Que tremenda declaração. Veja sua dimensão! A bondade e a misericórdia seguem o filho de Deus todos os dias! Pense nos dias que estão por vir. O que consegue ver? Vai ficar em casa com as crianças? Deus estará ao seu lado. Um emprego que não oferece futuro? Ele caminhará com você. Dias de solidão? Deus tomará a sua mão para guiar seus passos. Certamente a bondade e a fidelidade me acompanharão — não alguns, não a maioria, não quase todos, mas todos os dias de minha vida.

9 de junho

Esforçamo-nos a noite inteira e não pegamos nada.

Lucas 5:5

Você sabe o que é passar uma noite em claro sem pegar peixe algum? Claro que sabe. O que tem procurado pescar?

Fé? "Eu quero acreditar, mas..."

Cura? "Estou doente há muito tempo."

Um casamento feliz? "Por mais que eu me esforce..."

Você se sentou no mesmo lugar que Pedro ocupou. E agora Jesus está pedindo a você que vá pescar. Ele sabe que suas redes estão vazias. Ele sabe que seu coração está esgotado. Mas Ele insiste: "Não é tarde demais para tentar outra vez."

10 de junho

Porque em Cristo Jesus [...] [o mais importante é] a fé que atua pelo amor.

Gálatas 5:6

Símbolos são importantes. Alguns deles, como a ceia e o batismo, simbolizam a cruz de Cristo. Simbolizam salvação... mas não podem conceder salvação.

Colocar sua confiança em um símbolo é como se considerar marinheiro só porque tem uma tatuagem...

Nosso Deus nos salva, não por confiarmos em um símbolo, mas porque confiamos em um Salvador.

11 de junho

Ele transformará os nossos corpos humilhados, tornando-os semelhantes ao seu corpo glorioso.

Filipenses 3:21

Seu corpo parece estar mais perto da morte do que antes? Deveria mesmo, e está. E a não ser que Cristo volte antes, seu corpo será sepultado. Assim como uma semente é plantada no chão, seu corpo será colocado em uma sepultura. E por determinado período, sua alma estará no céu, enquanto o corpo continuará na tumba. Mas a semente enterrada na terra germinará no céu. A alma e o corpo serão reunidos, e você será como Jesus.

12 de junho

Assim como o noivo se regozija por sua noiva, assim o seu Deus se regozija por você.

Isaías 62:5

Olhe por bastante tempo na direção dos olhos de nosso Salvador. Ali você verá uma noiva. Vestida com linho fino, em pura graça. Desde a grinalda no cabelo até a ponta dos pés, ela está majestosa; é a princesa. Ela é a noiva. A noiva Dele. Caminha na direção do Noivo, mas ainda não está com Ele. Mas Ele a vê, espera por ela, anseia por ela.

13 de junho

Então as irmãs de Lázaro mandaram dizer a Jesus: "Senhor, aquele a quem amas está doente."

João 11:3

A frase que o amigo de Lázaro usou merece destaque. Quando ele contou a Jesus sobre a doença, disse: "Senhor, aquele a quem amas está doente." Ele não baseou seu apelo no amor imperfeito daquele que estava enfrentando uma necessidade, mas no amor perfeito do Salvador. O poder da oração, em outras palavras, não depende da pessoa que ora, mas Daquele que ouve a prece.

14 de junho

Bem-aventurados os humildes, pois eles receberão a terra por herança.

Mateus 5:5

Mateus 5 é uma descrição detalhada de como Deus refaz o coração daquele que crê.

O primeiro passo é pedir ajuda — tornar-se "pobre em espírito" e admitir a necessidade do Salvador.

O passo seguinte é a tristeza... Aqueles que choram sabem que estão errados e pedem perdão ..

Depois vem a etapa da renovação: "Bem-aventurados os humildes"... O reconhecimento da própria fraqueza conduz à fonte da força: Deus.

15 de junho

Tudo o que ouvi de meu Pai eu lhes tornei conhecido.

João 15:15

Jesus nos ensina a ser concisos. Seu maior sermão pode ser lido em oito minutos (Mateus 5-7)... Ele resumiu a oração a cinco frases (Mateus 6:9-13). Ele fez calar seus acusadores com apenas um desafio (João 8:7). Resgatou uma alma com uma declaração (Lucas 23:43). Sintetizou a Lei a três versículos (Marcos 12:29-31) e reduziu todos os seus ensinamentos a uma ordem (João 15:12).

Ele disse o que tinha para dizer e voltou para casa.

16 de junho

Fomos santificados, por meio do sacrifício do corpo de Jesus Cristo, oferecido uma vez por todas.

Hebreus 10:10

O Filho de Deus se tornou o Cordeiro de Deus; a cruz transformou-se em altar; e nós fomos santificados por meio do sacrifício que Cristo fez no próprio corpo, de uma vez por todas.

A dívida foi paga. Foi feito o que era preciso. Havia a exigência de sangue inocente, e o sangue inocente foi oferecido, de uma vez por todas. Guarde essas palavras bem no fundo de seu coração: de uma vez por todas.

17 de junho

O dom gratuito de Deus é a vida eterna em Cristo Jesus, nosso Senhor.

Romanos 6:23

Uma das coisas mais difíceis de se fazer é ser salvo pela graça. Há algo em nós que reage ao dom gratuito de Deus. Temos uma espécie de compulsão estranha de criar leis, sistemas e regulamentos que poderiam nos fazer "dignos" de nosso presente.

Por que fazemos isso? A única razão que consigo conceber é o orgulho. Aceitar a graça significa aceitar a necessidade que temos dela, e a maioria das pessoas não gosta de fazer isso. Aceitar a graça também significa que alguém reconheceu seu desespero, e a maioria das pessoas não parece muito propensa a fazer isso também.

18 de junho

O amor perdoa muitíssimos pecados.

1 Pedro 4:8

Já ouviu alguma fofoca sobre alguém que você conhece? O que deve dizer nessa situação?

Eis o que o amor diz: nada. Ele permanece em silêncio. "O amor perdoa muitíssimos pecados." Ele não expõe. Não faz intrigas. Se o amor tem algo a dizer, usa palavras de defesa, de amabilidade e proteção.

19 de junho

Os que creem em Deus se empenhem na prática de boas obras.

Tito 3:8

Estar ocupado não é um pecado. Jesus era muito ocupado. Paulo também era, assim como Pedro. Nada de importante é alcançado sem esforço, trabalho duro e fadiga. Isso, por si, não é pecado. Mas ocupar-se demais em uma busca sem trégua por coisas que nos deixam vazios, ocos, quebrados por dentro — não é possível que isso agrade a Deus.

20 de junho

E se eu for e lhes preparar lugar, voltarei e os levarei para mim.

João 14:3

Repare na promessa de Jesus: "Voltarei e os levarei para mim." Jesus está empenhado em nos levar para casa. Ele não delega essa tarefa. Pode enviar missionários para ensinar, anjos para proteger, professores para orientar, cantores para inspirar e médicos para curar, mas não envia ninguém mais para levar você para casa.

21 de junho

[Deus] destruirá a morte para sempre.

Isaías 25:8

Jesus explicou que não havia motivo para temer o rio da morte. As pessoas não acreditaram Nele. Ele tocou um jovem e o menino ressuscitou... Deixou um homem morto passar quatro dias em uma sepultura e, então, o chamou para fora. Acha suficiente? Talvez não, pois era necessário que Ele submergisse no rio da morte para as pessoas crerem que ela fora conquistada.

Depois disso, Ele saiu na outra margem do rio da morte... era hora de celebrar.

22 de junho

E tudo o que pedirem em oração, se crerem, vocês receberão.

Mateus 21:22

Não reduza essa grande declaração à categoria dos carros novos e bons empregos... Deus deseja levar você a voar, livre da culpa do passado. Ele quer que você voe livre dos medos do dia de hoje e da morte de amanhã. Pecado, medo e morte — essas são as montanhas que Ele moveu. Essas são as orações a que Ele responderá.

23 de junho

Renderei graças ao teu nome, por causa do teu amor e da tua fidelidade.

Salmo 138:2

Admiramos mais um atleta poderoso do que o Deus que nos criou. Cantamos mais em louvor a um time de futebol do que ao Cristo que nos salvou...

Embora possamos não agir como nosso Pai, não há maior verdade do que esta: somos Dele. Ele nos ama com amor imutável e eterno.

24 de junho

[Deus] pôs no coração do homem o anseio pela eternidade.

Eclesiastes 3:10

Você jamais será completamente feliz na terra simplesmente porque não foi feito para viver nela. Ah, é claro que terá momentos de alegria. Captará os lampejos, conhecerá momentos e até mesmo dias de paz. Mas nada disso pode se comparar à alegria que Deus nos reserva mais adiante.

25 de junho

O homem está destinado a morrer uma só vez e depois disso enfrentar o juízo.

Hebreus 9:27

A eternidade é para ser levada a sério. Um julgamento está para acontecer.

Nossa tarefa na terra é singular: escolher nosso lar eterno. Você pode suportar os efeitos de muitas escolhas erradas na vida. Pode escolher a carreira errada, a cidade errada e a casa errada e, mesmo assim, sobreviver. Pode até escolher a companhia errada e sobreviver. Mas há uma escolha que deve ser feita de modo correto, que é o seu destino eterno.

26 de junho

Se alguém está em Cristo, é nova criação.

2 Coríntios 5:17

Quando nascemos de novo, Deus refaz nossa alma e nos concede o que precisamos mais uma vez: olhos novos para podermos enxergar pela fé; uma nova mente para que tenhamos a mente de Cristo; novas forças para que não cansemos com facilidade; uma nova visão para que não desanimemos; nova voz para louvar; e novas mãos para servir. E, acima de tudo, um novo coração, purificado por Cristo.

27 de junho

Os que em Cristo foram batizados de Cristo se revestiram.

Gálatas 3:27

Nós refletimos Jesus. E aqueles que não creem em Jesus percebem isso. Eles tomam decisões a respeito de Cristo vendo como agimos. Quando somos amáveis, eles presumem que Cristo é amável. Quando demonstramos graça, concluem que Cristo ofereça graça também. Mas se formos inconsistentes, o que as pessoas pensarão sobre nosso Rei? Se formos desonestos, que conclusões um observador pode tirar em relação a nosso Mestre? Uma conduta amável honra a Cristo.

28 de junho

Derramarei do meu Espírito sobre todos os povos.

Atos 2:17

Na superfície, eles não parecem diferentes. Pedro continua impulsivo. Natanael ainda é racional. Filipe continua calculista.

Parecem os mesmos. Mas não são...

Quando neles habita um fogo não encontrado na terra. Cristo os ensinou. O Pai os perdoou. O Espírito vive neles.

Não são mais as mesmas pessoas. E por serem diferentes, o mundo fica diferente também.

29 de junho

Nem só de pão viverá o homem, mas de toda palavra que procede da boca de Deus.

Mateus 4:4

Confie na Palavra de Deus. Não confie nas emoções. Não confie em suas opiniões. Não confie sequer em seus amigos... Jesus disse a Satanás: "Nem só de pão viverá o homem, mas de toda palavra que procede da boca de Deus." O verbo "proceder" é, literalmente, "derramar". Essa conjugação sugere que Deus está sempre se comunicando com o mundo por meio de sua Palavra. Deus ainda fala!

30 de junho

O homem bom tira coisas boas do bom tesouro que está em seu coração.

Lucas 6:45

Quando oferecem a você uma tigela de intrigas marinadas em calúnias, você joga fora ou passa adiante? Isso depende do estado em que se encontra o seu coração...

O estado de seu coração determina se você acolhe um rancor ou concede graça; se busca autocomiseração ou Cristo; se bebe da miséria humana ou prova a misericórdia de Deus.

1º de julho

Amemos uns aos outros, pois o amor procede de Deus.

1 João 4:7

Procurando um amor? Comece aceitando seu lugar como um querido filho amado. "Portanto, sejam imitadores de Deus, como filhos amados." (Efésios 5:1)

Quer aprender a perdoar? Considere, então, como você já foi perdoado. "Sejam bondosos e compassivos uns para com os outros, perdoando-se mutuamente, assim como Deus os perdoou em Cristo." (Efésios 4:32)

2 de julho

Porquanto ele derramou sua vida até a morte... Pois ele levou o pecado de muitos.

Isaías 53:12

Você não pode se apresentar perante a cruz só com a mente, sem o coração. Não funciona assim. O calvário não é uma jornada mental. Não é um exercício intelectual...

É um tempo de emoção que se passa no coração...

É *Deus* que está naquela cruz. Fomos nós que o colocamos ali.

3 de julho

Cristo morreu em nosso favor quando ainda éramos pecadores.

Romanos 5:8

Quando amamos com expectativas, dizemos, "Eu te amo. Mas amarei ainda mais se..."

O amor de Cristo não tinha nada disso. Nenhuma condição, nenhuma expectativa, nenhuma intenção, nenhum segredo. O amor Dele por nós era, e é, aberto e limpo. "Amo você", Ele fala. "Mesmo se você me decepcionar. Amo você, apesar de seus defeitos."

4 de julho

Cada um cuide, não somente dos seus interesses, mas também dos interesses dos outros.

Filipenses 2:4

Qual a cura para o egoísmo?

Tire o olho de si mesmo tirando-o do seu ego. Pare de olhar para esse pequeno ego e coloque o foco no seu grande Salvador...

Foco no encorajamento em Cristo, no consolo de Cristo, no amor de Cristo, no companheirismo do Espírito, no afeto e na compaixão do Paraíso.

5 de julho

Por essa razão era necessário que ele se tornasse semelhante a seus irmãos... para se tornar sumo sacerdote misericordioso e fiel.

Hebreus 2:17

Jesus mostra as maçãs podres da sua árvore genealógica no primeiro capítulo do Novo Testamento... Rahab era uma prostituta em Jericó... Davi tinha uma personalidade tão irregular como um quadro de Picasso – um dia escrevendo Salmo, outro seduzindo a mulher de seu capitão. Mas Jesus apagou seu nome da lista? Claro que não...

Se a sua árvore genealógica tem podres, Jesus quer que você saiba: "Já passei por isso."

6 de julho

Esta é a vitória que vence o mundo: a nossa fé.

1 João 5:4

O que é único em relação ao reino de Deus é que sua vitória está garantida. Você já venceu!

Se você não tiver nenhuma fé no futuro, então não possui nenhum poder no presente. Se não tem nenhuma fé na vida após a morte, então sua vida presente será impotente. Mas se acreditar no futuro e tiver certeza da vitória, então seus pés sempre estarão prontos para dançar e o sorriso não sairá de seus lábios.

7 de julho

Voltarei à casa do senhor enquanto eu viver.

Salmo 23:6

Onde você viverá para sempre? Na casa do Senhor. Se o lar dele é a sua "casa eterna", o que significa esta casa terrena? Exatamente! Um lar temporário. Esse não é o seu verdadeiro lar.

Isso explica a saudade que sentimos... Lá no fundo, você sabe que ainda não está em casa. Então tome cuidado para não agir como se estivesse.

8 de julho

Não em que nós tenhamos amado a Deus, mas em que ele nos amou e enviou seu Filho como propiciação pelos nossos pecados.

1 João 4:10

Por favor, perceba: a Salvação é um presente de Deus, dirigida, empoderada e originada por Ele. O presente não vai do homem para Deus. Mas de Deus para o homem...

A graça é criada por Deus e dada ao homem.

9 de julho

Seja fiel até a morte, e eu lhe darei a coroa da vida.

Apocalipse 2:10

Você pode imaginar um mundo sem morte, somente vida? Se conseguir, imagine o paraíso. Porque cidadãos do paraíso usam a coroa da vida...

Não somos feitos de ferro, somos feitos de pó. E essa vida não é coroada com vida, é coroada com morte.

A próxima vida, no entanto, será diferente.

10 de julho

Vocês foram ensinados [. .] a serem renovados no modo de pensar e a revestir-se do novo homem.

Efésios 4:23,24

E se, por um dia e uma noite, Jesus vivesse a sua vida com o coração Dele? O seu coração tirasse um dia de folga e sua vida fosse dirigida pelo coração de Cristo? As prioridades Dele governassem as ações da sua vida? As paixões Dele dirigissem suas decisões? O amor Dele direcionasse seu comportamento?

Será que as pessoas notariam uma mudança?... Você ainda faria as mesmas coisas que planejou para as próximas vinte e quatro horas?

11 de julho

Pois é impossível que o sangue de touros e bodes tire pecados.

Hebreus 10:4

Os sacrifícios podem oferecer soluções temporárias, mas somente Deus pode oferecer a eternidade.

E foi o que Ele fez.

Por baixo dos escombros de um mundo em queda, Ele colocou suas mãos. Nos restos de uma humanidade em colapso, Ele abriu uma ferida em Si mesmo... Ele deu Seu sangue.

Era tudo o que tinha.

12 de julho

E não nos cansemos de fazer o bem.

Gálatas 6:9

Quando somos maltratados, nossa resposta animal é partir para a caça. Instintivamente, dobramos nossos punhos. Partir para a desforra é natural. O que, por acaso, é exatamente o problema. A vingança é natural, não espiritual. Partir para a desforra é a lei da selva. Distribuir a graça é a lei do reino...

Perdoar alguém é admitir nossos limites. Só recebemos uma peça do quebra-cabeça da vida. Somente Deus tem a tampa da caixa.

13 de julho

Pois os que em Cristo foram batizados, de Cristo se revestiram.

Gálatas 3:27

Enquanto estava na cruz, Jesus sentiu a indignidade e a desgraça de um criminoso. Não, Ele não tinha culpa. Não, Ele não tinha cometido nenhum pecado. E, não, Ele não merecia ser sentenciado. Mas você e eu temos, nós cometemos e nós merecemos.

Apesar de chegarmos à cruz vestidos de pecado, a deixamos vestidos "com as vestes da salvação" (Isaías 61:10). Na verdade, saímos vestidos com o próprio Cristo.

14 de julho

Não vivemos segundo a carne, mas segundo o Espírito.

Romanos 8:4

Quase. Quantas vezes estas cinco letras feias apareceram em epitáfios desesperados?

"Ela quase não o abandonou." "Ele quase se tornou cristão."

Jesus... exige obediência absoluta. Ele nunca tem espaço para "quase" em Seu vocabulário. Ou você está com Ele ou contra Ele... Com o Mestre, "quase" é tão bom quanto "nunca".

15 de julho

Sim, coisas grandiosas fez o SENHOR *por nós, por isso estamos alegres.*

Salmo 126:3

Você não foi aspergido com perdão. Você não foi salpicado com graça. Você não foi polvilhado com bondade. Você foi imerso nisso. Você foi submergido no perdão. Você é um peixe no oceano da misericórdia de Deus. Deixe-se ser transformado!

16 de julho

Quem se isola busca interesses egoístas.

Provérbios 18:1

Vivemos em uma sociedade rápida e em constante transformação. Precisamos construir pontes entre nossos corações e o das pessoas que sabemos que precisam de um amigo – e permitir que Jesus cruze essa ponte de amizade e entre em suas vidas...

Você ser ou não amigável e gentil pode determinar se alguém ouve a verdade sobre Jesus.

17 de julho

O senhor, o nosso Deus, é justo em tudo o que faz.

Daniel 9:14

Deus nunca está errado. Ele nunca tomou uma decisão errada, teve uma atitude errada, pegou o caminho errado, disse a coisa errada ou agiu de forma errada. Ele nunca está atrasado ou adiantado, nunca fala muito alto nem muito baixo, muito rápido ou muito lento. Ele sempre foi e sempre estará certo. Ele é justo.

18 de julho

Lembre-se de Jesus Cristo, ressuscitado dos mortos, descendente de Davi.

2 Timóteo 2:8

Em uma carta escrita enquanto ouvia sendo afiada a lâmina da espada que iria cortar sua cabeça, Paulo pediu a Timóteo: "Lembre-se de Jesus Cristo, ressuscitado dos mortos, descendente de Davi..."

Lembre-se do morto chamado de sua tumba com um sotaque de galileu. Lembre-se dos olhos de Deus que enxugam as lágrimas humanas. E, principalmente, lembre-se desse descendente de Davi que venceu a morte.

19 de julho

"Venha", respondeu ele.

Mateus 14:29

Você não pode ler nada sobre Deus sem encontrá-lo fazendo convites. Ele convidou Eva para se casar com Adão, os animais para entrar na arca, Davi para ser rei, Israel para deixar a escravidão, Neemias para reconstruir Jerusalém. Deus está sempre convidando. Ele convidou Maria a dar à luz ao seu filho, os discípulos a pescarem homens, a mulher adúltera a recomeçar, e Tomé a tocar em suas feridas. Deus é o Rei que prepara Seu palácio, coloca a mesa e convida Seus súditos a entrarem.

20 de julho

Uma vez que vocês chamam Pai aquele que julga imparcialmente as obras de cada um, portem-se com temor durante a jornada terrena de vocês.

1 Pedro 1:17

Cada vida é... uma história a ser escrita. O Autor começa cada história de vida, mas cada pessoa irá escrever seu próprio fim.

Que liberdade perigosa! Teria sido muito mais seguro terminar a história para cada Adão. Preparar cada opinião. Teria sido bem mais simples. Teria sido mais seguro. Mas não teria sido amor. O amor só é verdadeiro quando livremente escolhido.

21 de julho

Sigam somente o senhor, o seu Deus, e temam a ele somente. Cumpram os seus mandamentos e obedeçam-lhe.

Deuteronômio 13:4

O reino de Cristo é um reino onde a participação é *concedida*, não *comprada*.

Você é colocado no reino de Deus. *Você* é "adotado". E isso acontece não quando você faz o necessário, mas quando admite que não consegue fazer o necessário. Você não o ganha, simplesmente aceita. Como resultado, você serve, não por arrogância ou medo, mas por gratidão.

22 de julho

Temos um intercessor junto ao Pai, Jesus Cristo, o Justo.

1 João 2:1

Mesmo no paraíso, Cristo permanece o Salvador próximo... O Rei do universo comanda cometas com uma língua humana e dirige o tráfego celestial com uma mão humana. Ainda humana. Ainda divina. Vivendo eternamente através de Suas duas naturezas...

As mãos que abençoaram o pão do rapaz agora abençoam as orações de milhões... Sabe o que isso significa? A maior força do cosmos entende e intercede por você.

23 de julho

O que vocês fizeram a algum dos meus menores irmãos, a mim o fizeram.

Mateus 25:40

Qual é o sinal dos salvos? Seus diplomas? A vontade de viajar? A capacidade de juntar uma grande plateia e pregar? Seus escritos hábeis e a quantidade de volumes cheios de esperança?... Não.

O sinal dos salvos é o amor pelos mais necessitados...

Nenhuma fanfarra. Nenhuma comoção. Nenhuma cobertura da mídia. Só pessoas boas fazendo coisas boas. Porque quando fazemos boas coisas a outros, nós fazemos coisas boas para Deus.

24 de julho

Ele é paciente com vocês, não querendo que ninguém pereça, mas que todos cheguem ao arrependimento.

2 Pedro 3:9

De várias maneiras, o seu novo nascimento é igual ao primeiro: no novo nascimento, Deus dá o que você precisa; uma outra pessoa sente as dores e outra faz todo o trabalho. E assim como os pais são pacientes com seus recém-nascidos, também Deus é paciente com você. Mas há uma diferença. No primeiro, você não teve escolha sobre se queria nascer; mas desta vez você tem. O poder é de Deus. O esforço é de Deus. A dor é de Deus. Mas a escolha é sua.

25 de julho

O senhor Deus é sol e escudo; o senhor concede favor e honra.

Salmo 84:11

Rejeições são como obstáculos para reduzir a velocidade em uma estrada. São parte da viagem... Não dá para impedir que algumas pessoas o rejeitem. Mas dá para evitar que as rejeições o deixem com raiva. Como? Permitindo que a aceitação de Deus compense as rejeições.

Quando outros o rejeitam, deixe que Deus o aceite. Ele não olha torto para você. Ele não fica bravo. Ele canta para você. Beba bastante do amor ilimitado Dele.

26 de julho

Foi para a liberdade que Cristo nos libertou.

Gálatas 5:1

Alguns ensinam que ganhamos o favor de Deus pelo que sabemos (intelectualismo). Outros insistem que somos salvos pelo que fazemos (moralismo). Outros, ainda, afirmam que a salvação é determinada pelo que sentimos (emocionalismo).

Mesmo que você reúna tudo isso, Paulo contesta: a salvação só vem através da cruz — nada mais que isso, nada diferente.

27 de julho

Coragem! Sou eu. Não tenham medo!

Mateus 14:27

Com as ondas batendo em sua cintura e a chuva alfinetando seu rosto, Jesus fala aos discípulos: Coragem! Sou eu. Não tenham medo!

Falando de um arbusto em chamas para um Moisés ajoelhado, Deus anunciou: Eu Sou o que Sou. (Êxodo 3:14)

Deus está em todas as coisas! Mar Vermelho, lugares selvagens da Judeia, casamentos, funerais e tempestades na Galileia. Olhe e encontrará o que todos, de Moisés a Marta, descobriram: Deus no meio das tempestades.

28 de julho

Porque considerou fiel aquele que lhe havia feito a promessa.

Hebreus 11:11

Fé é confiar no que os olhos não podem ver.

Os olhos veem um leão rondar. A fé vê o anjo de Daniel.
Os olhos veem tempestades. A fé vê o arco-íris de Noé.
Seus olhos veem suas falhas. Sua fé vê seu Salvador.
Seus olhos veem sua culpa. Sua fé vê o sangue Dele.

29 de julho

Quem me vê vê o Pai.

João 14:9

Só quando vê seu Criador, um homem se transforma verdadeiramente em homem. Porque ao ver seu Criador o homem vê rapidamente o que deveria ser. Aquele que vê seu Deus veria, então, a razão da morte e o propósito do tempo. Destino? Amanhã? Verdade? Todas são questões ao alcance do homem que conhece sua fonte.

É ao ver Jesus que o homem enxerga sua Fonte.

30 de julho

Venham ver o lugar onde ele jazia.

Mateus 28:6

Dê uma olhada no túmulo vazio. Você sabia que os oponentes do Cristo nunca duvidaram de que estivesse vazio? Nenhum fariseu ou soldado romano levou um contingente de volta ao lugar da sepultura e declarou: Os anjos erraram. O corpo está aqui. Era tudo um rumor...

Ajuda a explicar o avivamento de Jerusalém. Quando os apóstolos contaram sobre o túmulo vazio, o povo olhou para os fariseus esperando uma resposta. Mas eles não tinham o que falar.

31 de julho

A nossa cidadania, porém, está nos céus, de onde esperamos ansiosamente o Salvador, o Senhor Jesus Cristo.

Filipenses 3:20

Você já viu pessoas tratando este mundo como se fosse uma residência permanente. Não é. Você viu pessoas gastando tempo e energia na vida como se ela fosse durar para sempre. Não vai. Você viu pessoas tão orgulhosas do que fizeram que elas esperavam não serem obrigadas a deixar esta vida — mas deixarão.

Todos vamos. Estamos todos de passagem.

1º de agosto

Quero conhecer Cristo.

Filipenses 3:10

A fortaleza da fé é Cristo. Companheirismo com Ele. Andar com Ele. Deliberar com Ele. Explorá-Lo. A percepção emocionante de que Nele você é parte de algo ancestral, infinito, contínuo e incomensurável. E que Ele, que pode cavar um vulcão com um dedinho, acha que você tem valor suficiente para que Ele decida morrer em seu lugar na cruz romana. Cristo é a recompensa do Cristianismo.

2 de agosto

Porque o senhor é grande e digno de todo louvor.

Salmo 96:4

Nunca o obsceno chegou tão perto do sagrado como no Calvário. Nunca o bem no mundo se entrelaçou com o mal como na cruz. Nunca o que é certo se envolveu tão intimamente com o que é errado, como quando Jesus ficou suspenso entre o céu e a terra.

Deus na cruz. A humanidade em seu pior momento. A divindade em seu melhor.

3 de agosto

O amor é paciente.

1 Coríntios 13:4

A palavra grega usada aqui para paciente... significa "que demora um bom tempo para ferver".

Pense em um jarro de água fervendo... A água ferve rapidamente quando a chama está alta. E ferve de forma lenta quando a chama está baixa. A paciência "mantém baixo aquele que queima"...

A paciência não é ingênua. Ela não ignora os maus comportamentos. Ela só mantém a chama baixa. Espera. Ouve... É assim que Deus nos trata. E, de acordo com Jesus, é assim que devemos tratar os outros.

4 de agosto

Ele é capaz de socorrer aqueles que também estão sendo tentados.

Hebreus 2:18

Jesus estava bravo o suficiente para limpar o templo, faminto o suficiente para comer cereais crus, angustiado o suficiente para chorar em público, alegre o suficiente para ser chamado de beberrão, agradável o suficiente para atrair as crianças, radical o suficiente para ser expulso da cidade, responsável o suficiente para cuidar de sua mãe, tentado o suficiente para conhecer o cheiro de Satã e temeroso o suficiente para suar sangue...

Independente de como você se sentir, Ele conhece esse sentimento.

5 de agosto

Pois tu, senhor, abençoas o justo.

Salmo 5:12

A viagem do Egito para a terra prometida pode ser feita em nove dias (Deuteronômio 1:2). Mas os israelitas demoraram trinta e oito anos.

O que eles deveriam ter feito, não fizeram... Então Deus decidiu que eles precisavam de um tempo para repensar alguns pontos.

Talvez Deus esteja querendo ensinar algumas coisas a você. Preste atenção. Você não quer passar trinta e oitos anos sem entender.

6 de agosto

Damos-te graças, ó Deus, damos-te graças, pois perto está o teu nome.

Salmo 75:1

Deus é o Deus que segue. Eu me pergunto... você sentiu quando Ele o seguia? Frequentemente, nós o perdemos... Não reconhecemos nosso Salvador quando Ele está perto. Mas Ele está. Através da bondade de um estranho. Da majestade do pôr do sol...

Através da palavra bem falada ou de um toque no momento perfeito, você sentiu a Sua presença?

7 de agosto

Eis que ele vem com as nuvens, e todo olho o verá.

Apocalipse 1:7

Toda pessoa que já viveu estará presente no encontro final. Todo coração que já bateu. Toda boca que já falou. Naquele dia, você será rodeado por um mar de pessoas. Ricos, pobres, famosos, desconhecidos. Reis, vagabundos, brilhantes, dementes. Todos estarão lá. E todos estarão olhando para uma só direção. Todos estarão olhando para Ele — o Filho do Homem. Esplendoroso. Radiante.

8 de agosto

O homem é justificado pela fé.

Romanos 3:28

Já ousou se apresentar a Deus e pedir para que Ele o salve por causa do seu sofrimento ou do seu sacrifício ou das suas lágrimas ou do seu grau de instrução?...

Nem o apóstolo Paulo. Ele demorou uma década para descobrir o que escreveu em uma só sentença.

"O homem é justificado pela fé." Não é através de boas obras, sofrimento ou estudo. Tudo isso pode ser o resultado da salvação, mas não são a causa dela.

9 de agosto

E o sangue de Jesus, seu Filho, nos purifica de todo pecado.

1 João 1:7

A limpeza não é uma promessa para o futuro, mas uma realidade no presente. Deixe que um pouco de poeira caia sobre a alma do santo e ela é varrida. Deixe que um pouco de terra suja caia sobre o coração do filho de Deus, e toda a sujeira é varrida...

Nosso Salvador se ajoelha e olha sobre os atos mais sombrios da nossa vida. Mas em vez de retroceder com horror, Ele nos estende a mão gentilmente e diz: "Posso limpar isso se você quiser."

10 de agosto

Bem-aventurados os que têm fome e sede de justiça, pois serão satisfeitos.

Mateus 5:6

Nós geralmente comemos e bebemos o que queremos. O problema é: os tesouros da terra não nos satisfazem. A promessa é: os tesouros do céu podem satisfazer...

Abençoados são aqueles que, se tudo que possuem for tomado deles, ficarem só um pouco chateados, pois sabem que a verdadeira riqueza está em outro lugar.

11 de agosto

Pois o meu jugo é suave e o meu fardo é leve.

Mateus 11:30

Jesus diz que Ele é a solução para o desânimo da alma.

Vá até Ele. Seja honesto com Ele. Admita que você tem segredos da alma não resolvidos. Ele já sabe quais são. Ele só está esperando que você peça ajuda...

Vá em frente. Você ficará feliz. As pessoas próximas a você também ficarão.

12 de agosto

Pois há um só Deus e um só mediador entre Deus e os homens: o homem Cristo Jesus.

1 Timóteo 2:5

Em algum lugar, em algum momento, de alguma forma, você se enredou no lixo, e tem evitado Deus. Você permitiu que um véu de culpa se formasse entre você e seu Pai. Está se perguntando se alguma vez conseguirá se sentir próximo de Deus novamente.

Deus dá as boas-vindas. Deus não o está evitando. Deus não tem nenhuma resistência contra você. A porta está aberta e Deus o convida a entrar.

13 de agosto

No princípio era aquele que é a Palavra. Ele estava com Deus e era Deus.

João 1:1

Eu sempre percebi o apóstolo João como um companheiro que via a vida de forma simples...

Por exemplo, definir Jesus seria um desafio para o melhor dos escritores, mas João cumpre a tarefa com uma analogia casual. O Messias, em uma palavra, era "a Palavra". Uma mensagem ambulante. Uma carta de amor. Seja um verbo ardente ou um terno adjetivo, Ele era, simplesmente, uma palavra.

14 de agosto

Entregue suas preocupações ao senhor, e ele o susterá.

Salmo 55:22

Eu me pergunto, quantas cargas Jesus está carregando por nós que nem sabemos? Conhecemos algumas. Ele carrega nossos pecados. Ele carrega nossa vergonha. Ele carrega nossas dívidas eternas. Mas há outras? Será que Ele eliminou o medo antes que pudéssemos senti-lo?... Aqueles momentos em que nos surpreendemos com nosso próprio sentimento de paz? Pode ser que Jesus tenha colocado nossa ansiedade em Seus ombros e a Sua bondade sobre os nossos?

15 de agosto

Nós, porém, que somos do dia, sejamos sóbrios, vestindo a couraça da fé e do amor e o capacete da esperança da salvação.

1 Tessalonicenses 5:8

Não coloque sua esperança em coisas que mudam — relacionamentos, dinheiro, talento, beleza, ou mesmo saúde. Mire na coisa que nunca pode mudar: confie no seu Pai celestial.

16 de agosto

Quanto a mim, que eu jamais me glorie, a não ser na cruz de nosso Senhor Jesus Cristo.

Gálatas 6:14

Você sente necessidade de afirmação? Sente que sua autoestima precisa de atenção? Você não precisa ficar fazendo citações ou se mostrar. Você só precisa parar na base da cruz e lembrar-se disso: o criador das estrelas preferiu morrer por você do que viver sem você. E isso é um fato. Então, se precisar se gabar de algo, que seja disso.

17 de agosto

E me teceste no ventre de minha mãe.

Salmo 139:13

"E me teceste" é como o salmista descreveu o processo pelo qual Deus criou o homem. Não foi manufaturado ou produzido em massa, mas tecido. Cada fio da personalidade, carinhosamente entrelaçado. Cada fio de temperamento, deliberadamente selecionado...

O Criador, mestre tecelão, fiando a alma. Cada um diferente. Não há dois iguais. Nenhum idêntico.

18 de agosto

O que vocês pensam a respeito do Cristo?

Mateus 22:42

A ideia que uma virgem pudesse ser escolhida por Deus para dar à luz a Ele... A noção de que Deus poderia ter cabelos e dedos e dois olhos.

A ideia de que o Rei do universo iria espirrar e arrotar e ser picado por mosquitos... É muito incrível. Muito revolucionário. Nunca criaríamos um Salvador assim. Não seríamos tão ousados.

19 de agosto

"Ele colocou uma mistura de terra e saliva em meus olhos, eu me lavei e agora vejo."

João 9:15

Não são as circunstâncias que importam; é Deus dentro da circunstância. Não são as palavras; é Deus as falando. Não é a lama que curou os olhos do cego; foi o dedo de Deus na lama. O berço e a cruz eram comuns como a grama. O que as tornou sagradas foi Aquele que se deitou nelas.

20 de agosto

Porque eu dou a minha vida para retomá-la. Ninguém a tira de mim.

João 10:17,18

Jesus sabe o significado da frase: "Isso não está certo."

Porque não estava certo que as pessoas cuspissem nos olhos que choravam por eles. Não estava certo que os soldados arrancassem pedaços de carne das costas de Deus. Não estava certo que pregos furassem as mãos que formaram a terra...

Estava certo? Não... Aquilo era amor? Sim.

21 de agosto

Aquele que vem do alto está acima de todos.

João 3:31

"Eles não têm mais vinho", disse Maria a Jesus. (João 2:3) Foi tudo que ela disse. Ela não ficou brava. Ela simplesmente viu o problema e o apresentou a Cristo...

Na próxima vez que você tiver que encarar uma calamidade cotidiana, siga o exemplo de Maria: identifique o problema (já será uma meia-solução). Apresente-o a Jesus (Ele adora ajudar). Faça o que Ele mandar (não importa se parecer uma loucura).

22 de agosto

Ensina-me o teu caminho, senhor, para que eu ande na tua verdade.

Salmo 86:11

Quando for difícil ser gentil, nos lembraremos da bondade de Deus para conosco e pediremos a Ele que nos faça mais carinhosos. Quando a paciência for pouca, vamos agradecer a Ele pela Sua e pedir a Ele que nos faça mais pacientes. Quando for difícil perdoar, não vamos listar todas as vezes em que nos fizeram sofrer. Em vez disso, vamos listar todas as vezes que recebemos graça, e orar para que possamos perdoar.

23 de agosto

E para apresentá-la a si mesmo como igreja gloriosa... santa e inculpável.

Efésios 5:27

A partir da nossa perspectiva, a vida na Igreja não parece tão bonita. Vemos as fofocas, as disputas, as divisões. O céu vê tudo isso, também. Mas o céu vê mais. O céu vê a Igreja como limpa e santificada por Cristo.

O céu vê a Igreja ascendendo ao céu. O céu vê a Noiva usando o vestido impecável de Jesus Cristo.

24 de agosto

Jesus Cristo é o mesmo, ontem, hoje e para sempre.

Hebreus 13:8

Cristo sempre usa o presente. Ele nunca diz: "Eu fui." Nós, sim. Nós usamos o "éramos". Éramos jovens, mais rápidos, mais bonitos. Propensos a ser pessoas do passado, nós rememoramos. Deus não. Inquebrantável em sua força, Ele nunca precisa dizer: "Eu fui." O céu não tem espelho retrovisor.

Pode Deus ser mais Deus? Não. Ele não muda. Ele é o "Eu sou" Deus. "Jesus Cristo é o mesmo ontem, hoje e para sempre."

25 de agosto

Sua satisfação está na lei do senhor, e nessa lei medita dia e noite.

Salmo 1:2

A Bíblia não é um jornal para ser folheada, mas uma mina a ser explorada.

Aqui está uma questão prática. Estude a Bíblia um pouco de cada vez. Deus parece mandar mensagens como Ele fez com o maná: um pouco a cada dia. Ele dá um mandamento aqui, um mandamento ali. Um preceito aqui, um preceito ali. Um ensinamento aqui, um ensinamento ali. Escolha profundidade em vez de quantidade.

26 de agosto

É ele que perdoa todos os seus pecados.

Salmo 103:3

É contra a natureza de Deus lembrar-se de pecados esquecidos...

Ele, que é perfeito amor, não pode guardar rancor. Se fizesse isso, não seria perfeito amor. E se Ele não é perfeito amor, você poderia abandonar este livro e ir pescar, porque nós dois estaríamos perseguindo contos de fada.

Mas eu acredito nesse esquecimento amoroso. E acredito que Ele possui uma memória graciosamente terrível.

27 de agosto

Eu os escolhi para irem e darem fruto, fruto que permaneça.

João 15:16

Um bom jardineiro fará o que for preciso para ajudar uma vinha a dar frutos. Quais frutos Deus quer? Amor, alegria, paz, paciência, amabilidade, bondade, fé, gentileza e autocontrole (Gálatas 5:22,23). Esses são os frutos do Espírito. E é isso o que Deus quer ver em nós. E como um jardineiro cuidadoso, Ele irá podar e cortar qualquer coisa que interfira.

28 de agosto

Tendo os olhos fixos em Jesus, autor e consumador da nossa fé. Ele, pela alegria que lhe fora proposta, suportou a cruz.

Hebreus 12:2

Lembre-se, o céu não era algo estranho a Jesus. Ele é a única pessoa que viveu na terra depois de ter vivido no céu... Ele conheceu o céu antes de vir à terra. Ele sabia o que o aguardava em seu retorno. E saber o que lhe aguardava no céu, o capacitou a enfrentar a vergonha na terra.

29 de agosto

Reflitam nisso os sábios e considerem a bondade do Senhor.

Salmo 107:43

Ficar velho? Um processo necessário para passar para um mundo melhor.

Morte? Meramente uma passagem rápida por um túnel...

Da próxima vez que você se encontrar sozinho em um beco escuro enfrentando as coisas irrefutáveis da vida, não se cubra com uma manta, nem as ignore com um sorriso nervoso. Não ligue a tevê e finja que elas não estão ali. Em vez disso, fique parado, sussurre o nome de Deus e ouça. Ele está mais perto do que você pensa.

30 de agosto

Eu sou a voz do que clama no deserto.

João 1:23

João Batista era uma voz para Cristo, mas também era mais do que sua própria voz. Sua vida era compatível com suas palavras. Quando as palavras e a vida de uma pessoa são iguais, a fusão é explosiva. Mas quando uma pessoa diz uma coisa e vive outra, o resultado é destrutivo. As pessoas vão saber que somos cristãos não porque dizemos que somos, mas porque vivemos uma vida cristã.

31 de agosto

Isso acontecerá no dia em que ele vier para ser glorificado em seus santos e admirado em todos os que creram.

2 Tessalonicences 1:10

Admirados com Jesus... Paulo não mede a alegria de se encontrar com os apóstolos ou de abraçar seus amados. Se vamos ficar admirados com eles, ele não diz. O que diz é que ficaremos admirados com Jesus.

O que só vimos em nossos pensamentos veremos com nossos olhos... O que só tivemos um vislumbre iremos ver completamente. E ficaremos admirados.

1º de setembro

Tu nos respondes com temíveis feitos de justiça, ó Deus, nosso Salvador.

Salmo 65:5

Deus nunca vira as costas para aqueles que fazem perguntas honestas. Ele nunca fez isso no Velho Testamento; nem no Novo Testamento. Então, se você estiver fazendo perguntas honestas a Deus, Ele não virará as costas para você...

Ao aprender a depender de Deus, precisamos aceitar que podemos não ter todas as respostas, mas sabemos *quem* conhece as respostas.

2 de setembro

De eternidade a eternidade tu és Deus.

Salmo 90:2

Nós precisamos de um Dó central. Já não ocorreu muita mudança na sua vida? Os relacionamentos mudam. A saúde muda. O tempo muda. Mas o Deus que governava a terra na noite passada é o mesmo Deus que a governa hoje. As mesmas convicções. O mesmo plano. Mesmo temperamento. Mesmo amor. Ele nunca muda. Não é possível alterar a Deus do mesmo jeito que uma folha não poderia alterar o ritmo do Oceano. Deus é nosso Dó Central. Um ponto parado em um mundo em movimento.

3 de setembro

Sabemos que ninguém é justificado pela prática da Lei, mas mediante a fé em Jesus Cristo.

Gálatas 2:16

Deus não fica confuso frente a um mundo tomado pelo mal. Ele não fica boquiaberto perante a profundidade de nossa fé ou de nossos erros. Não podemos surpreender a Deus com a nossa crueldade. Ele conhece as condições do mundo... e o ama da mesma forma. Porque sempre que encontramos um lugar onde Deus nunca deveria estar (como numa cruz), olhamos uma segunda vez e lá está Ele, encarnado.

4 de setembro

O nosso socorro está no nome do senhor.

Salmo 124:8

Você tem uma passagem para o céu que nenhum ladrão pode levar, um lar eterno que nenhum divórcio pode separar. Todo pecado da sua vida foi lançado no mar. Todo erro que você cometeu foi pregado no madeiro. Somos feitos de sangue, mas para o céu. Filhos de Deus — salvos para sempre. Então seja grato, alegre — pois isto não é verdade? O que você não tem é muito menos do que o que você já tem.

5 de setembro

Quando o fizeram, pegaram tal quantidade de peixes que as redes começaram a rasgar-se.

Lucas 5:6

O braço de Pedro está enfiado na água. É tudo que ele pode fazer para se aguentar até que os outros homens possam ajudar. Logo, os quatro pescadores e o carpinteiro estão cobertos até os joelhos com peixes.

Pedro levantou os olhos para o rosto de Cristo. Naquele momento, pela primeira vez, ele vê Jesus. Não Jesus, o descobridor de peixes... Não Jesus, o Mestre. Pedro vê Jesus, o Senhor.

6 de setembro

Portanto, agora já não há condenação para os que estão em Cristo Jesus... em nós, que não vivemos segundo a carne, mas segundo o Espírito.

Romanos 8:1

A Palavra de Deus diz: "Há uma condenação limitada para aqueles que estão em Cristo Jesus"? Não. Ela fala: "Há alguma condenação"? Não. O que ela diz é: "Não há nenhuma condenação para aqueles que estão em Cristo Jesus." Pense nisso — independente de nosso pecado, não somos mais culpados!

7 de setembro

E fazendo transbordar o meu cálice.

Salmo 23:5

Uma taça transbordando está cheia? De jeito nenhum. O vinho atinge a borda e depois derrama. O cálice não é grande o suficiente para conter a quantidade. De acordo com Davi, nossos corações não são grandes o suficiente para conter as bênçãos que Deus quer dar. Ele verte até literalmente ultrapassarem a borda e caírem sobre a mesa...

A última coisa com a qual precisamos nos preocupar é não ter o suficiente. Nossa taça transborda com bênçãos.

8 de setembro

Vocês foram regenerados, não de uma semente perecível, mas imperecível, por meio da palavra de Deus, viva e permanente.

1 Pedro 1:23

Somos livres tanto para amar ou não a Deus. Ele nos convida a amá-lo. Ele nos exorta a amá-lo. Mas, no final, a escolha é sua e minha. Se tirasse essa escolha de cada um de nós, se Ele nos forçasse a amá-lo, não seria amor...

Ele deixa essa escolha para nós...

9 de setembro

Nós, os que morremos para o pecado, como podemos continuar vivendo nele?

Romanos 6:2

Como podemos ser feitos corretos e não viver uma vida correta? Como podemos ser amados e não amar? Como podemos ser abençoados e não abençoar? Como podemos ter recebido a graça e não viver graciosamente?

Como poderia a graça resultar em algo que não seja uma vida com graça? Que diremos então? Continuaremos pecando para que a graça aumente? De maneira nenhuma! (Romanos 6:1-2).

10 de setembro

Sua cabeça e seus cabelos eram brancos como a lã, tão brancos quanto a neve, e seus olhos eram como a chama de fogo.

Apocalipse 1:14

Como se pareceria uma pessoa se ela nunca pecasse? Se nenhuma preocupação e nenhuma raiva obscurecesse seus olhos? Se nenhuma amargura rosnasse em seus lábios, e nenhum egoísmo estivesse em seu sorriso? Se uma pessoa nunca tivesse pecado, como ela se pareceria? Saberemos quando conhecermos Jesus.

11 de setembro

Trata com bondade o teu servo para que eu viva e obedeça à tua palavra.

Salmo 119:17

Deus adora decorar. Deus precisa decorar. Deixe que Ele viva tempo suficiente em um coração e esse coração começará a mudar. Retratos de dor serão substituídos por campos de graça. Paredes de raiva serão demolidas e fundações débeis serão restauradas. Deus não deixa nenhuma vida intocada, assim como uma mãe não permite que um filho chore.

12 de setembro

Este é o meu mandamento: Amem-se uns aos outros.

João 15:17

Ressentimento é quando você permite que a dor se transforme em ódio. Ressentimento é quando você permite ser tomado completamente. Ressentimento é quando você atiça, aviva, alimenta e sopra o fogo, aumentando as chamas e aliviando a dor...

Vingança é o fogo enraivecido... Amargura é a armadilha que prende... E misericórdia é a escolha que pode libertar.

13 de setembro

Cria em mim um coração puro, ó Deus.

Salmo 51:10

Já colocou a culpa da sua situação no governo? (Se ele diminuísse os impostos, minha empresa estaria melhor.) Culpou sua família por suas falhas? (Minha mãe sempre gostou mais da minha irmã...)

Considere a oração de Davi: "Crie em mim um novo coração, ó Deus..."

A mudança real é algo que acontece dentro de nós. Você poderia alterar coisas durante um ou dois dias com dinheiro e sistemas, mas o cerne da questão está, e sempre estará lá, na questão do coração.

14 de setembro

Certamente ele tomou sobre si as nossas enfermidades e sobre si levou as nossas doenças.

Isaías 53:4

Por que Jesus viveu na terra todo aquele tempo? Por que Ele não colocou os pés no nosso mundo tempo suficiente para morrer por nossos pecados e depois ir embora? Por que não passar um ano ou uma semana sem pecados? Por que Ele precisou viver toda uma vida? Tirar nossos pecados é uma coisa, mas aguentar nossas queimaduras de sol, nossas dores de garganta? Experimentar a morte, sim – mas arriscar a própria vida? Aguentar longas estradas, dias e temperamentos explosivos? Por que Ele fez isso?

Porque Ele quer que confiemos Nele.

15 de setembro

Aquele que é a Palavra tornou-se carne e viveu entre nós.

João 1:14

Aquele para o qual oramos conhece nossos sentimentos. Ele conhece a tentação. Ele já se sentiu desencorajado. Ele já teve fome, sono e cansaço... Ele entende quando oramos com raiva... Ele sorri quando confessamos nosso desânimo...

Ele também conheceu a rotina e o desânimo que surge dos longos dias... Deus se fez carne e viveu entre nós.

16 de setembro

Que o próprio Senhor Jesus Cristo e Deus nosso Pai, que nos amou e nos deu eterna consolação e boa esperança pela graça, deem ânimo ao coração de vocês e os fortaleçam para fazerem sempre o bem.

2 Tessalonicenses 2:16,17

Deus ama aqueles que mais precisam Dele, que dependem, contam e confiam Nele para tudo. Pouco importa se você é puro como João ou pecadora como Maria Madalena. Tudo que importa é sua confiança Nele.

17 de setembro

Eu mesmo tomarei conta das minhas ovelhas e as farei deitar-se e repousar. Palavra do Soberano, o senhor.

Ezequiel 34:15

O que o pastor faz com o rebanho, nosso Pastor fará conosco. Ele irá nos levar até os altos pastos. Quando o pasto estiver vazio aqui embaixo, Deus irá nos levar lá para cima. Ele irá nos guiar através do portão, pelas planícies, até o caminho da montanha.

18 de setembro

Eu o examinei na presença de vocês e não achei nenhuma base para as acusações que fazem contra ele.

Lucas 23:14

Um ladrão se coloca entre Jesus e os acusadores e fala em seu nome... "Nós estamos sendo punidos com justiça... Mas este homem não cometeu nenhum mal." (Lucas 23:41)

Somos culpados e Ele é inocente.

Somos impuros e Ele é puro.

Somos errados e Ele é correto.

Ele não está naquela cruz por Seus pecados. Ele está lá pelos nossos.

19 de setembro

Mas sobre você raia o senhor, e sobre você se vê a sua glória.

Isaías 60:2

Quando criamos um redentor, nós o mantemos distante e seguro em seu castelo. Permitimos que ele tenha um rápido encontro conosco. Permitimos que ele plane ao nosso redor desde que não chegue muito perto. Não pediríamos a ele para viver no meio das pessoas contaminadas. Em nossa imaginação mais louca, não pediríamos a um rei para se transformar em um de nós. Mas foi o que Deus fez.

20 de setembro

"Nazaré? Pode vir alguma coisa boa de lá?" Disse Filipe: "Venha e veja."

João 1:46

Algo de bom pode sair de Nazaré? Venha e veja.

Veja Wilberforce lutando para liberar os escravos na Inglaterra...

Viaje pelas florestas e ouça os tambores tocando em louvor.

Aventure-se pelos campos de prisioneiros e masmorras do mundo e ouça as canções dos salvos que se recusam a ficar em silêncio.

Venha e veja..

21 de setembro

Pois o senhor será a sua segurança.

Provérbios 3:26

Os construtores de templo e os que buscam o Salvador, você os encontrará na mesma igreja, no mesmo banco – às vezes, no mesmo terno. Alguém vê a estrutura e diz: "Que grande igreja." O outro vê o Salvador e diz: "Que grande Cristo!"

Qual deles você vê?

22 de setembro

Ele enxugará dos seus olhos toda lágrima.

Apocalipse 21:4

Algum dia, Deus irá enxugar suas lágrimas. As mesmas mãos que criaram os céus irão tocar seu rosto. As mesmas mãos que formaram as montanhas irão acariciar seu rosto. As mesmas mãos que sofreram em agonia quando os pregos romanos as atravessaram irão, algum dia, limpar sua face e acabar com as lágrimas. Para sempre.

23 de setembro

Pois os que em Cristo foram batizados, de Cristo se revestiram.

Gálatas 3:27

Você leu corretamente. Nós "nos revestimos" de Cristo. Quando Deus olha para nós, Ele não nos vê; Ele vê o Cristo. Nós "nos revestimos" Dele. Ficamos escondidos Nele; somos cobertos por Ele. Como diz a canção: "Vestidos só com Sua retidão, sem faltas perante o trono."

Atrevimento, você acha? Sacrilégio? Seria, se a ideia fosse minha. Mas não é; é Dele.

24 de setembro

Não perdi nenhum dos que me deste.

João 18:9

Satã cai na presença do Cristo... Satã é impotente contra a proteção do Cristo.

Quando Jesus diz que irá mantê-lo a salvo, Ele está dizendo a verdade. O inferno terá que passar por Ele para alcançar você. Jesus é capaz de protegê-lo. Quando diz que irá levar você para casa, Ele fará isso.

25 de setembro

Livrou-me porque me quer bem.

Salmo 18:19

Você acha que Ele o salvou por causa das suas boas obras, da sua boa atitude ou da sua aparência. Desculpe. Se esse fosse o caso, sua salvação estaria perdida quando sua voz fraquejasse ou suas ações enfraquecessem. Há muitas razões para Deus salvá-lo: trazer glória sobre Si mesmo, aplicar Sua justiça, demonstrar Sua soberania. Mas uma das melhores razões para Deus salvá-lo é porque Ele gosta de você.

26 de setembro

O amor é paciente, o amor é bondoso.

1 Coríntios 13:4

O amor *ágape* se importa com os outros porque Deus se importou conosco. O amor *ágape* vai além do sentimento e das boas intenções. Porque Deus nos amou primeiro, o amor *ágape* responde. Porque Deus nos deu graça, o amor *ágape* perdoa o erro quando a ofensa é forte. *Ágape* oferece paciência quando o estresse é abundante e estende a amabilidade quando ela é rara. Por quê? Porque Deus nos oferece tudo.

27 de setembro

Como são felizes aqueles que têm suas transgressões perdoadas, cujos pecados são apagados!

Romanos 4:7

Para se qualificar como falido, você precisa admitir que não tem dinheiro...

E para ir para o céu, você precisa admitir que está preso no inferno.

Isso é difícil... Não é fácil para uma pessoa decente admitir que é uma pecadora. Difícil para uma garota bonita e boa confessar sua falência espiritual... Se formos salvos é porque Deus nos resgatou e não porque aprendemos a nadar.

28 de setembro

Amem, porém, os seus inimigos, façam-lhes o bem e emprestem a eles, sem esperar receber nada de volta. Então, a recompensa que terão será grande e vocês serão filhos do Altíssimo, porque ele é bondoso para com os ingratos e maus.

Lucas 6:35

Deus se provou como um pai fervoroso. Agora depende de nós sermos filhos confiáveis. Deixe que Deus dê a você o que sua família não pode dar. Deixe que Ele preencha os vazios que outros deixaram. Confie Nele para sua afirmação e encorajamento.

29 de setembro

Eu sou o caminho, a verdade e a vida. Ninguém vem ao Pai, a não ser por mim.

João 14:6

Jesus nos dá duas opções. Aceitá-lo como Deus, ou rejeitá-lo como um megalomaníaco. Não há uma terceira alternativa...

Chamá-lo de louco, ou coroá-lo como rei. Descartá-lo como uma fraude, ou declará-lo Deus. Afastar-se ou ajoelhar-se em Sua presença, mas nunca fazer gracinha com Ele. Não chamá-lo de grande homem. Não colocá-lo na lista das pessoas decentes... Ou ele é Deus ou não é. Enviado do Paraíso ou nascido no inferno. Esperança ou moda passageira. Mas nada no meio do caminho.

30 de setembro

Até quando estarei com você?

Marcos 9:19

Até quando? "Até o galo cantar e o suor machucar e o martelo bater..."

Até quando? "O suficiente para todos os pecados inundarem Minha alma sem pecados, de forma que o céu fique horrorizado, até que Meus lábios inchados pronunciem a frase final: 'Está consumado'."

Jesus suportou todas as coisas, acreditou em todas as coisas, teve esperanças em todas as coisas e suportou todas as coisas. Cada uma delas.

1º de outubro

Porquanto ele derramou sua vida até a morte, e foi contado entre os transgressores.

Isaías 53:12

Deus está a par das coisas em nosso mundo. Ele não estabeleceu residência em uma galáxia distante... Ele não escolheu se retirar para um trono dentro de um castelo incandescente.

Ele ficou por perto. Ele se envolveu em nossas viagens, desilusões e funerais. Ele está tão perto de nós aos domingos como às segundas. Na sala de aula como na igreja.

2 de outubro

Esteja sobre nós a bondade do nosso Deus Soberano. Consolida, para nós, a obra de nossas mãos; consolida a obra de nossas mãos!

Salmo 90:17

Raiva. É uma emoção peculiar ainda que previsível. Ela começa com uma gota. Uma irritação. Uma frustração. Nada muito grande, só uma irritação. Alguém para na sua vaga no estacionamento. Um garçom lento quando você está com pressa. Pingo. Pingo. Pingo.

E aguente várias dessas gotas de raiva, aparentemente inocentes, e logo você já está cheio de raiva...

Agora, isso é forma de se viver?... A raiva nunca fez nada de bom.

3 de outubro

O amor... não se vangloria, não se orgulha.

1 Coríntios 13:4

Jesus espanta os pássaros mais altos da igreja, aqueles que ficam no alto da escada espiritual e espalham suas plumas de batas, títulos, joias e cadeiras. Jesus não compactua com isso. É fácil ver o porquê. Como posso amar os outros se meus olhos estão somente voltados para mim? Como posso apontar para Deus se estou apontando para mim? E, ainda pior, como posso ver Deus se continuo arrastando minha própria cauda?

Com Jesus a hierarquia social não tem espaço.

4 de outubro

Não tenha medo; de agora em diante você será pescador de homens.

Lucas 5:10

Cristo não abandona os estúpidos confessos. Bem ao contrário, Ele os recruta...

Ao contrário do que você pode ter ouvido, Jesus não limita seu recrutamento ao tenaz. Os que sofreram e estão mal ocupam lugar de honra em sua lista. Ele ficou conhecido por subir em barcos, entrar em bares e bordéis para dizer para eles: "Não é muito tarde para recomeçar."

5 de outubro

Minha graça é suficiente para você, pois o meu poder se aperfeiçoa na fraqueza.

2 Coríntios 12:9

O que é a graça? É o que alguém nos dá a partir da bondade em seu coração, não a partir da nossa perfeição. A história da graça é a boa-nova que diz que, quando nos apresentamos, alguém nos dá. Isso é a graça...

Graça é algo que você não esperava. É algo que você certamente nunca poderia ganhar. Mas graça é algo que você nunca poderia rechaçar.

6 de outubro

A vida de um homem não consiste na quantidade de seus bens.

Lucas 12:15

Quem você é não tem nada a ver com as roupas que usa ou o carro que dirige... O céu não o conhece como a pessoa que tem um terno bonito, ou a mulher com a bela casa, ou a criança com a bicicleta nova. O céu conhece o seu coração...

Quando Deus pensa em você, ele pode ver sua compaixão, sua devoção, sua ternura ou inteligência, mas ele não pensa nas suas posses... E quando você pensa em si mesmo, também não deveria.

7 de outubro

Este é o nosso Deus; nós confiamos nele; exultemos e alegremo-nos, pois ele nos salvou.

Isaías 25:9

Quando as pessoas não ouvirem, lembre-se de Jesus. Quando as lágrimas escorrem, lembre-se de Jesus. Quando a decepção lhe acompanhar na cama, lembre-se de Jesus. Quando o medo se acampar no seu jardim. Quando a morte se avizinhar, quando a raiva começar a ferver, quando a vergonha se tornar muito pesada. Lembre-se de Jesus.

Lembre-se que o morto foi chamado da tumba com um sotaque da Galileia. Lembre-se dos olhos de Deus que secam as lágrimas humanas.

8 de outubro

Quem recebe vocês, recebe a mim; e quem me recebe, recebe aquele que me enviou.

Mateus 10:40

Como você simplifica a fé?...

Simplifique sua fé procurando Deus por si mesmo. Não são necessárias cerimônias confusas. Nenhum ritual misterioso. Nenhum canal elaborado de comando ou níveis de acesso.

Você tem uma Bíblia? Pode estudá-la. Tem um coração? Pode orar. Tem um cérebro? Pode pensar.

9 de outubro

Por intermédio de quem temos livre acesso a Deus em confiança, pela fé nele.

Efésios 3:12

Cristo encontra-se com você do lado de fora da sala do trono, leva-o pela mão até a presença de Deus. Ao entrarmos, encontramos graça, não condenação; misericórdia, não punição...

Porque somos amigos do Filho de Deus, podemos entrar na sala do trono... Esse presente não é uma visita ocasional perante Deus, mas, ao contrário, um permanente "acesso pela fé a esta graça na qual agora estamos firmes". (Romanos 5:2)

10 de outubro

Seja a atitude de vocês a mesma de Cristo Jesus.

Filipenses 2:5

O que significa ser como Jesus? O mundo nunca conheceu um coração tão puro, um caráter tão irrepreensível. Sua audição espiritual é tão afiada que Ele nunca perde um suspiro celestial. Sua misericórdia é tão abundante que Ele nunca perde a chance de perdoar. Nenhuma mentira sai de Seus lábios, nenhuma distração atrapalha Sua visão. Ele tocou quando outros retrocederam. Ele persistiu quando outros desistiram. Jesus é o modelo perfeito para qualquer pessoa.

11 de outubro

Bem-aventurados os misericordiosos, pois obterão misericórdia.

Mateus 5:7

Os misericordiosos, diz Jesus, demonstram misericórdia. Eles dão testemunho da graça. São abençoados porque são testemunhas de uma bondade superior. Perdoar os outros nos permite ver como Deus nos perdoa. A dinâmica de distribuir graça é a chave para entendê-la, porque é quando perdoamos os outros que começamos a sentir o que Deus sente.

12 de outubro

Ele é a minha torre alta! Não serei abalado.

Salmo 62:6

O que Deus faz quando estamos presos?... Ele luta por nós. Ele entra no ringue, nos manda para o córner e assume nosso lugar. "O Senhor lutará por vocês; tão somente acalmem-se." (Êxodo 14:14)

Sua obrigação é lutar. Nossa obrigação é confiar.

Só confiar. Não dirigir. Ou questionar. Ou tirar o timão das mãos Dele. Nossa obrigação é orar e esperar.

13 de outubro

Aproximemo-nos do trono da graça... a fim de recebermos misericórdia e encontrarmos graça que nos ajude no momento da necessidade.

Hebreus 4:16

Não precisamos de alguém para confiar que é maior do que nós? Não estamos cansados de confiar em pessoas desta terra atrás de compreensão? Não estamos cheios de confiar nas coisas desta terra procurando força? Um marinheiro que se afoga não pede ajuda a outro marinheiro que também está se afogando... Ele sabe que precisa de alguém que é mais forte do que ele.

A mensagem de Jesus é esta: Sou esta pessoa. Confie em mim.

14 de outubro

Eu os tenho chamado amigos, porque tudo o que ouvi de meu Pai eu lhes tornei conhecido.

João 15:15

João é o único dos doze que estava junto à cruz. Ele veio se despedir. Ele mesmo admite que não tinha entendido tudo completamente. Mas isso não importava. Até onde entendia, seu amigo mais querido estava com dificuldades e ele veio ajudar...

João nos ensina que as maiores redes de lealdade são esticadas, não com teologias herméticas, ou filosofias infalíveis, mas com amizades; amizades persistentes, desinteressadas, amáveis.

15 de outubro

A recompensa da humildade e do temor do Senhor são a riqueza, a honra e a vida.

Provérbios 22:4

A verdadeira humildade não é pensar modestamente em si mesmo, mas pensar de forma correta sobre si. O coração humilde não diz: "Não posso fazer qualquer coisa." Ao contrário: "Não posso fazer tudo. Sei minha parte e sou feliz por realizar isso."

16 de outubro

Portanto, assim como vocês receberam Cristo Jesus, o Senhor, continuem a viver nele.

Colossenses 2:6

Lutar contra as dificuldades da vida nos torna um pouco mais sábios, um pouco mais capazes, permitindo que confortemos a outros que experimentam a dor.

Quaisquer dificuldades que encaramos na vida são curtas; todas as recompensas são eternas. Uma herança divina será a nossa recompensa por crer em nosso Pai celestial.

17 de outubro

Lancem sobre ele toda a sua ansiedade, porque ele tem cuidado de vocês.

1 Pedro 5:7

Talvez você não queira perturbar Deus com suas dores. Afinal, Ele tem que lidar com fome, pestes e guerras; Ele não vai ligar para a minha pequena luta, pensa você. Por que você não deixa que Ele decida sobre isso? Ele se preocupou tanto com um casamento a ponto de providenciar o vinho. Ele se preocupou tanto com o pagamento de impostos de Pedro a ponto de dar-lhe uma moeda. Ele se preocupou tanto com a mulher no poço a ponto de dar-lhe respostas.

18 de outubro

"Venham a mim... e vocês encontrarão descanso para as suas almas."

Mateus 11:28,29

Venham a mim...

As pessoas vieram... Elas trouxeram os sofrimentos de sua existência, e Ele deu a elas não a religião, não a doutrina, não os sistemas, mas o descanso...

Elas encontraram pontos de equilíbrio para suas almas atormentadas. E elas descobriram que Jesus era o único homem a andar pela terra de Deus que clamava ter uma resposta para o sofrimento do homem. "Venham a mim."

19 de outubro

Pois sou Deus, e não homem, o Santo no meio de vocês.

Oseias 11:9

Você pode conseguir coragem a partir das promessas de Deus. Posso dar alguns exemplos?

Quando estiver confuso: "'Porque sou eu que conheço os planos que tenho para vocês', diz o Senhor, 'planos de fazê-los prosperar e não de lhes causar dano'." (Jeremias 29:11)

Naquelas noites quando você se pergunta onde está Deus: "Pois sou Deus, e não homem, o Santo no meio de vocês." (Oseias 11:9)

20 de outubro

Sonda-me, ó Senhor, e conhece o meu coração... e dirige-me pelo caminho eterno.

Salmo 139:23,24

Você não precisa ser como o mundo para provocar impacto no mundo. Você não precisa ser como a multidão para mudar a multidão. Você não precisa se rebaixar ao nível deles para levantá-los até o seu nível. A santidade não procura ser estranha. A santidade procura ser como Deus.

21 de outubro

Não sejamos presunçosos, provocando uns aos outros e tendo inveja uns dos outros.

Gálatas 5:26

Há algumas coisas que você pode fazer que ninguém mais pode. Talvez seja criar seus filhos ou construir casas ou encorajar os desencorajados. Há coisas que somente você pode fazer, e você está vivo para realizá-las. Na grande orquestra que chamamos de vida, você tem um instrumento e uma canção, e deve a Deus o dom de executá-los de forma tão sublime.

22 de outubro

Escolhi o caminho da fidelidade; decidi seguir as tuas ordenanças.

Salmo 119:30

Pense nisso. Há muitas coisas na vida que não podemos escolher. Não podemos, por exemplo, escolher o clima. Não podemos controlar a economia. Não podemos escolher se vamos nascer com um nariz grande, olhos azuis ou muito pelo... Mas podemos escolher onde passar a eternidade.. A grande decisão, Deus deixa para nós.

23 de outubro

Mostra-me o caminho que devo seguir, pois a ti elevo a minha alma.

Salmo 143:8

Se Deus a chamou para ser como Marta, então vá servir! Lembre a nós que é evangelismo alimentar os pobres e que há adoração em cuidar dos doentes.

Se Deus a chamou para ser como Maria, então vá adorar! Lembre a nós que não precisamos estar sempre ocupados para sermos santos. Exorte-nos com seu exemplo para largarmos nossos papéis e computadores e ficarmos um pouco quietos em adoração.

24 de outubro

Nenhuma palavra torpe saia da boca de vocês, mas apenas a que for útil para edificar os outros.

Efésios 4:29

Você tem a capacidade, com suas palavras, de fortalecer as pessoas. Suas palavras são, para a alma delas, o que a vitamina é para o seu corpo.

Não retenha o encorajamento do desencorajado. Não deixe de falar palavras de afirmação para os feridos! Fale palavras que tornem as pessoas mais fortes. Acredite nelas como Deus acredita em você.

25 de outubro

Procure apresentar-se a Deus aprovado, como obreiro que não tem do que se envergonhar e que maneja corretamente a palavra da verdade.

2 Timóteo 2:15

Timóteo nunca teve outro professor como o apóstolo Paulo. O mundo nunca teve outro professor como Paulo. Ele estava convencido do fato de que estava perdido, mas foi salvo; e passou o resto da vida contando isso para qualquer pessoa que quisesse ouvir.

No final, isso custou caro para ele. Porque tudo que ele tinha era sua fé. Mas, no final, sua fé era todo o necessário.

26 de outubro

Ele mesmo levou em seu corpo nossos pecados sobre o madeiro.

1 Pedro 2:24

Em um ato que deixou triste ao Pai e, ainda assim, honrou a santidade do céu, o julgamento e a punição pelos pecados caiu sobre o Filho das eras, que estava livre do pecado.

E o céu deu à terra seu melhor presente. O Cordeiro de Deus que tira o pecado do mundo.

"Meu Deus, meu Deus, por que você me abandonou?" Por que Cristo gritou essas palavras?

Para que você nunca precisasse gritá-las.

27 de outubro

No temor do Senhor está a sabedoria.

Jó 28:28

A ambição é aquela pedrinha na alma que cria desencantamento com o comum e coloca todo o desafio nos sonhos.

Mas se não a confrontarmos, ela se transforma em um vício insaciável de poder e prestígio; uma fome insaciável que devora as pessoas como um leão devora um animal, deixando para trás somente os esqueletos das relações...

Deus não vai tolerar isso.

28 de outubro

Não julguem, para que vocês não sejam julgados.

Mateus 7:1

Em vez de ver o homem que nasceu cego como uma oportunidade para discussão, Jesus o viu como uma oportunidade para Deus. Por que ele estava cego? "Para que a obra de Deus se manifestasse na vida dele." (João 9:3)

Que perspectiva! O homem não era uma vítima do destino; ele era um milagre esperando para acontecer. Jesus não o rotulou. Ele o ajudou. Jesus estava mais preocupado com o futuro do que com o passado.

29 de outubro

Nós fomos testemunhas oculares da sua majestade.

2 Pedro 1:16

Deus se aproximou. Para ser visto.

E... aqueles que o viram nunca mais foram os mesmos. "Vimos sua glória", exclamou um seguidor. "Fomos testemunhas da sua majestade", suspirou um mártir...

Cristianismo, em sua forma mais pura, não é nada mais do que ver Jesus. O serviço cristão, em sua forma mais pura, não é nada mais do que imitá-lo para quem estiver a nosso alcance.

30 de outubro

Fala, Senhor, pois o teu servo está ouvindo.

1 Samuel 3:9

Nós esperamos que Deus fale através da paz, mas, às vezes, ele fala através da dor...

Achamos que o ouvimos no nascer do sol, mas ele também é ouvido na escuridão.

Nós o ouvimos no triunfo, mas ele fala ainda mais claramente através da tragédia.

31 de outubro

Eu sou o Deus de seu pai Abraão. Não tema, porque estou com você.

Gênesis 26:24

A esperança não é o que você espera; é algo com o qual você nunca sonha... É Abraão ajustando seus óculos para conseguir ver não seu neto, mas seu filho...

A esperança não é um desejo garantido ou um favor realizado; não, é mais que isso! É uma dependência louca e imprevisível de um Deus que adora nos surpreender e aparecer em carne para conhecer nossa reação.

1º de novembro

"Eu sempre os amei", diz o Senhor.

Malaquias 1:2

Pai, seu amor nunca acaba. Nunca. Apesar de nós desdenharmos, ignorarmos, desobedecermos, você não muda. Nossa maldade não consegue diminuir seu amor. Nossa bondade não pode aumentá-lo. Nossa fé não o aumenta nem um pouco, nem nossa estupidez o coloca em perigo. Você não nos ama menos se falharmos. Você não nos ama mais se tivermos sucesso.

Seu amor nunca acaba.

2 de novembro

Eu vim para que tenham vida, e a tenham plenamente.

João 10:10

Jesus não é nenhum messias comum. Sua história foi extraordinária. Ele se autodenominou divino, mesmo assim permitiu que um soldado romano comum enfiasse um cravo em seu pulso. Ele exigia pureza, mesmo assim defendeu os direitos de uma prostituta arrependida. Ele chamou os homens para marcharem, mesmo assim recusou que o chamassem de Rei. Ele enviou homens para todo o mundo, mesmo assim os equipou somente com joelhos para dobrar e memórias de um carpinteiro ressurreto.

3 de novembro

Vocês, porém, são geração eleita, sacerdócio real, nação santa, povo exclusivo de Deus, para anunciar as grandezas daquele que os chamou das trevas para a sua maravilhosa luz.

1 Pedro 2:9

A raiva incontrolada não irá melhorar nosso mundo, mas a compreensão benigna irá. Mas quando vemos o mundo e a nós mesmos da forma que somos, podemos ajudar. Quando nos compreendemos, começamos a operar não com uma postura de raiva, mas de compaixão e preocupação. Olhando para o mundo não com olhares amargos, mas com mãos estendidas. Percebemos que as luzes estão fora e que muitas pessoas estão tropeçando na escuridão. Então, nós acendemos velas.

4 de novembro

Eu lhes afirmo que ele se vestirá para servir, fará que se reclinem à mesa, e virá servi-los.

Lucas 12:37

O coração humilde honra os outros.

Novamente, Jesus não é o nosso exemplo? Contente em ser conhecido como carpinteiro. Feliz de ser confundido com um jardineiro. Ele serviu seus seguidores ao lavar os seus pés. Ele nos serve ao fazer o mesmo. Cada manhã, Ele nos presenteia com beleza. Cada domingo, Ele nos convida para sentarmos à Sua mesa. Cada momento, Ele habita em nossos corações... Se Jesus quer tanto nos honrar, como podemos não fazer o mesmo para os outros?

5 de novembro

Aquele que crê em mim, ainda que morra, viverá.

João 11:25

Ficar de luto não é deixar de acreditar. Olhos inundados não representam um coração sem fé. Uma pessoa pode entrar em um cemitério – certo de que há vida após a morte e ainda assim ter uma enorme cratera no coração. Jesus se sentiu assim. Ele chorou, e sabia que estava a dez minutos de ver Lázaro vivo novamente!

E suas lágrimas deram permissão para que você vertesse as suas... Então chore, mas não como aqueles que não conhecem o resto dessa história.

6 de novembro

No Senhor me refugio.

Salmo 11:1

Eu percebi que aqueles que servem a Deus com mais alegria são aqueles que o conhecem de forma mais pessoal. Aqueles que são os mais rápidos para falar sobre Jesus são os que percebem como Suas redenções foram grandes.

Deus é um amigo exaltado, um Pai amoroso, um Rei elevado. Como nos aproximamos Dele? Como rei, como pai e como amigo? A resposta é: sim!

7 de novembro

Pois vocês são salvos pela graça, por meio da fé, e isto não vem de vocês, é dom de Deus.

Efésios 2:8

Com suas próprias mãos pregadas, Jesus criou um pasto para a alma. Ele arrancou os espinhos da condenação. Ele eliminou as altas divisões do pecado. No lugar dessas divisões, Ele plantou sementes de graça e cavou poços de misericórdia.

E Ele nos convida para descansarmos ali. Você pode imaginar a satisfação no coração do pastor quando, com o trabalho terminado, Ele vê seu rebanho descansando na grama aconchegante?

8 de novembro

E, se é pela graça, já não é mais pelas obras; se fosse, a graça já não seria graça.

Romanos 11:6

Para quem Deus oferece seu presente? Para o mais inteligente? Para o mais bonito ou o mais charmoso? Não. Seu presente é para todos nós – mendigos e banqueiros, clérigos e escriturários, juízes e faxineiros. Todos filhos de Deus.

E ele gosta muito de nós, assim nos aceita em qualquer condição – "no estado", diz a placa em nosso pescoço....

Ele nos quer agora.

9 de novembro

Habitarei com ele e entre ele andarei; serei o seu Deus, e eles serão o meu povo.

2 Coríntios 6:16

Aqueles que viram Jesus – que realmente O viram – sabiam que havia algo diferente. Depois de Seu toque, os cegos conseguiam ver. A Seu comando, os paraplégicos podiam andar. Com o Seu abraço, vidas vazias foram preenchidas com visão.

Ele alimentou milhares com uma cesta. Ele acalmou uma tempestade com um comando. Ele levantou os mortos com uma proclamação. Ele mudou vidas com um pedido.

10 de novembro

Quem crer em mim, como diz a Escritura, do seu interior fluirão rios de água vida.

João 7:38

Lembram-se das palavras de Jesus para a mulher samaritana? "A água que eu lhe der se tornará nele uma fonte de água a jorrar para a vida eterna." (João 4:14) Jesus oferece não um copo comum de água, mas um poço artesiano perpétuo! E o poço não é um buraco no seu quintal, mas o Espírito Santo de Deus no seu coração.

11 de novembro

O nosso velho homem foi crucificado com ele, para que o corpo do pecado seja destruído, e não mais sejamos escravos do pecado.

Romanos 6:6

Pense desta forma. O pecado coloca você na prisão. O pecado o prende atrás das barras da culpa, da vergonha, da decepção e do medo. O pecado não fez nada a não ser constrangê-lo contra a parede da tristeza. Então, chega Jesus e paga sua fiança. Ele ficou na prisão em seu lugar; Ele cumpriu a pena e o libertou. Cristo morreu e quando você lida com Ele, seu velho "eu" morre.

Quando Jesus morreu, você morreu para os pecados em sua vida. Você está livre.

12 de novembro

Pois ele me vestiu com as vestes da salvação e sobre mim pôs o manto da justiça.

Isaías 61:10

Você já se sentiu desapercebido? Novas roupas e estilos podem ajudar por um período. Mas se você quer mudanças permanentes, aprenda a se ver como Deus o vê: "Pois ele me vestiu com as vestes da salvação e sobre mim pôs o manto da justiça, qual noivo que adorna a cabeça como um sacerdote, qual noiva que se enfeita com joias." (Isaías 61:10)

Permita que o amor de Deus mude a maneira como você se vê.

13 de novembro

Eu os purificarei de todo o pecado que cometeram contra mim.

Jeremias 33:8

Da próxima vez que você ver ou pensar em alguém que o deixou triste, olhe duas vezes. Enquanto olhar para o rosto da pessoa, olhe também para o rosto Dele – o rosto Daquele que o perdoou. Olhe para os olhos do Rei que chorou quando você pediu perdão. Olhe no rosto do Pai que deu graça quando ninguém mais queria lhe dar uma chance... E então, porque Deus o perdoou mais do que você precisou perdoar os outros, libere o seu inimigo e a você mesmo.

14 de novembro

Olho nenhum viu, ouvido nenhum ouviu, mente nenhuma imaginou o que Deus preparou para aqueles que o amam.

1 Coríntios 2:9

Qualquer coisa que você imaginar é inadequado. Qualquer coisa que qualquer um imaginar é inadequado. Ninguém chega nem perto. Ninguém. Pense em todas as canções sobre o céu. Todos os retratos feitos por artistas. Todas as lições ensinadas, poemas escritos e capítulos rascunhados.

Quando a questão é a descrição do céu, sempre vamos falhar tranquilamente.

15 de novembro

Na sua aflição vocês clamaram e eu os livrei, do esconderijo dos trovões lhes respondi.

Salmo 81:7

Deus é tão criativo quanto implacável. A mesma mão que enviou o maná a Israel enviou Uzá para a morte. A mesma mão que libertou os filhos de Israel também mandou os cativos para Babilônia. Tanto doce como severo. Terno e duro. Firme e exato. Pacientemente urgente. Ansiosamente tolerante. Gritando calmamente. Estrondosamente gentil.

16 de novembro

Testemunhando que esta é a verdadeira graça de Deus. Mantenham-se firmes na graça de Deus.

1 Pedro 5:12

Com dificuldades, subimos até o alto da colina. Corações feridos e cansados lutando contra erros não resolvidos. Suspiros de ansiedade. Lágrimas de frustração. Palavras racionais. Gemidos de dúvida...

Jesus está no alto das montanhas mais complicadas da vida e nos espera com as mãos perfuradas estendidas. Uma "graça louca e sagrada", assim ela foi chamada. Um tipo de graça que não é mantida pela lógica. Mas então... a graça não precisa ser lógica. Se fosse, não seria graça.

17 de novembro

Vocês, porém, são... povo exclusivo de Deus.

1 Pedro 2:9

Deus ama você simplesmente porque Ele escolheu.

Ele o ama quando você não se sente encantador.

Ele o ama quando ninguém mais ama você.

Outros podem abandoná-lo, divorciar-se de você e ignorá-lo, mas Deus irá amá-lo. Sempre. Não importa.

18 de novembro

Quem trata bem os pobres empresta ao Senhor, e ele o recompensará.

Provérbios 19:17

Quando você leva comida aos pobres, esse é um ato de devoção. Quando você dá uma palavra carinhosa a alguém que precisa, esse é um ato de adoração. Quando você escreve uma carta para alguém para encorajá-lo ou se senta e abre sua Bíblia com alguém para ensiná-lo, esse é um ato de piedade.

19 de novembro

O Senhor é fiel em todas as suas promessas e é bondoso em tudo o que faz.

Salmo 145:13

Deus nunca desiste.

Quando Moisés disse: "Aqui estou eu, envie Aarão", Deus não desistiu... Quando Pedro o venerou na ceia e o maldisse no fogo, Ele não desistiu...

Então, da próxima vez que a dúvida entrar em sua vida, lembre-se da cruz, onde no sangue santificado está escrita a promessa: "Deus desistiria de seu único filho, antes de desistir de você."

20 de novembro

Em verdes pastagens (ele) me faz repousar e (ele) me conduz a águas tranquilas.

Salmo 23:2

Note os dois pronomes precedendo os dois verbos. Ele me faz... Ele me conduz...

Quem está no comando? O pastor. O pastor seleciona o caminho e prepara o pasto. A obrigação da ovelha — nossa obrigação — é olhar para o pastor.

21 de novembro

Sabemos que Deus age em todas as coisas para o bem daqueles que o ama.

Romanos 8:28

Tudo? Tudo. Discípulos covardes. Um Judas com duas caras. Um ferimento. Fariseus sem caráter. Um alto sacerdote com o coração de pedra. Em tudo Deus trabalha. Eu o desafio a encontrar um elemento da cruz que Ele não tenha administrado ou reciclado. Tente. Acho que você encontrará o mesmo que eu — cada detalhe obscuro foi, na verdade, um momento brilhante na causa de Cristo.

Ele pode fazer o mesmo por você?

22 de novembro

A obra de Deus é esta: crer naquele que ele enviou.

João 6:29

"O que precisamos fazer para realizar as obras que Deus requer?" (João 6:28)... Qual é o trabalho que Ele quer que façamos? Orar mais? Doar mais? Estudar? Viajar?...

Qual é o trabalho que Ele procura? Apenas acreditar. Acreditar Naquele que Deus enviou. "A obra de Deus é esta: crer naquele que ele enviou."

23 de novembro

Eis que estou à porta e bato.

Apocalipse 3:20

Jesus sempre bate antes de entrar.

Ele não precisava. Ele é dono do seu coração.

Se alguém tem o direito de entrar sem bater, é Cristo.

Mas Ele não faz isso.

Aquela batida suave? É Cristo.

24 de novembro

Cristo é o mediador de uma nova aliança para que os que são chamados recebam a promessa da herança eterna.

Hebreus 9:15

Não havia nada inferior na religião judaica. Ela tinha sido dada por Deus e criada por Deus. Cada princípio, regra e ritual tinha uma riqueza de significado. O Velho Testamento servia como um guia fiel para milhares de pessoas por milhares de anos. Foi o melhor já oferecido ao homem.

Mas quando Cristo chegou, o melhor ficou ainda melhor... Não digo que a velha lei era ruim, é que a nova lei — a salvação pela fé em Cristo — é ainda melhor.

25 de novembro

As tuas mãos me fizeram e me formaram; dá-me entendimento para aprender os teus mandamentos.

Salmo 119:73

Deus o coroou com talentos. Ele fez o mesmo com o seu vizinho. Se você está preocupado com os talentos do seu vizinho, irá negligenciar os seus. Mas se você se preocupa com os seus, poderá inspirar os dois.

26 de novembro

Vindo a ser servo, tornando-se semelhante aos homens.

Filipenses 2:7

Viagem de feriado. Não é fácil. Então, por que vamos? Por que ficar no meio dos caminhões e aguentar os aeroportos? Você sabe a resposta. Gostamos de ficar com aqueles que amamos...

Posso lembrá-lo? Deus também gosta... Entre Ele e nós havia uma distância – um abismo. E Ele não podia suportar isso. De jeito nenhum. Então decidiu resolver o problema. "Embora sendo Deus, não considerou que o ser igual a Deus era algo a que devia apegar-se; mas esvaziou-se a si mesmo, vindo a ser servo, tornando-se semelhante aos homens." (Filipenses 2:6-7)

27 de novembro

Porque eu lhes perdoarei a maldade e não me lembrarei mais dos seus pecados.

Hebreus 8:12

Incrível! Agora, isso é uma promessa impressionante.

Deus não só perdoa, Ele esquece. Ele apaga a lousa. Ele destrói as provas. Ele queima os microfilmes. Ele apaga os dados do computador.

Ele não se lembra dos meus erros. Para todas as coisas que Ele faz, essa é uma coisa que Ele se recusa a fazer. Ele se recusa a manter uma lista dos meus erros.

28 de novembro

Se você conhecesse o dom de Deus.

João 4:10

Quando Jesus lavou os pés dos discípulos, Ele estava lavando os nossos; quando Ele acalmava as tempestades deles, estava acalmando as suas; quando Ele perdoou a Pedro, estava perdoando a todos os penitentes...

Ele não mudou...

O dom e o Doador. Se você os conhece, sabe tudo que é necessário.

29 de novembro

Verdadeiramente este era o Filho de Deus!

Mateus 27:54

Seis horas, uma sexta-feira... O que essas seis horas significam?...

Para a vida enegrecida pelo fracasso, essa sexta-feira significa perdão.

Para o coração marcado pela futilidade, essa sexta-feira significa propósito.

E para a alma em busca desse lado do túnel da morte, essa sexta-feira significa libertação.

30 de novembro

Nele temos a redenção por meio de seu sangue, o perdão dos pecados.

Efésios 1:7

O sangue de Cristo não cobre, oculta, adia ou diminui seus pecados. Ele apaga seus pecados, de uma vez e para sempre.

Jesus permite que seus erros sejam perdidos na perfeição Dele.

1º de dezembro

Pois não temos um sumo sacerdote que não possa compadecer-se das nossas fraquezas.

Hebreus 4:15

Quando Deus escolheu se revelar, Ele usou (grande surpresa) um corpo humano. A língua que levantou os mortos era humana. A mão que tocou o leproso tinha as unhas sujas. O pé sobre o qual a mulher chorou tinha calos e poeira. E suas lágrimas... oh, não esqueçamos das lágrimas... vinham de um coração tão partido quanto o seu ou o meu já esteve.

2 de dezembro

As tuas mãos me fizeram e me formaram; dá-me entendimento para aprender os teus mandamentos.

Salmo 119:73

Ouça bem. O amor de Jesus não depende do que fazemos por Ele. Nem um pouco. Aos olhos do Rei, você tem valor simplesmente porque existe. Você não precisa ser bonito ou eficiente. Seu valor é inato.

Você é valioso... não por causa do que faz ou do que fez, mas simplesmente porque é. Lembre-se disso.

3 de dezembro

E ele será chamado... Príncipe da Paz.

Isaías 9:6

O céu se abriu e colocou seu fruto mais precioso em um útero humano.

O onipotente, em um instante, se fez frágil. Ele que era espírito se tornou carne. Ele que era maior do que o universo se tornou um embrião. E Ele que sustenta o mundo com uma palavra escolheu ser dependente do carinho de uma jovem.

Deus chegou mais perto.

4 de dezembro

Nada façam por ambição egoísta ou por vaidade.

Filipenses 2:3

A palavra para egoísmo está na mesma raiz das palavras disputa e beligerância. Ela sugere uma preocupação consigo mesmo que machuca a outros... Egoísmo é uma obsessão consigo que exclui outros, machucando a todos.

Ir atrás dos seus interesses pessoais é uma correta administração da vida. Fazer isso de forma a excluir o resto do mundo é egoísmo.

5 de dezembro

Pois tu és o meu Deus; que o bondoso Espírito me conduza por terreno plano.

Salmo 143:10

Você consegue imaginar o resultado se um pai concordasse com cada pedido de cada filho durante uma viagem? Iríamos ficar com a barriga inchada passando de uma sorveteria a outra...

Você consegue imaginar o caos, se Deus cedesse a cada um dos nossos pedidos?

6 de dezembro

"Porque sou eu que conheço os planos que tenho para vocês", diz o Senhor, "planos de fazê-los prosperar e não de lhes causar dano."

Jeremias 29:11

Temos um Pai que está cheio de compaixão, um Pai sensível que fica machucado quando Seus filhos se machucam. Servimos a um Deus que diz que mesmo quando estamos sob pressão e sentimos que nada vai dar certo, Ele espera por nós para nos abraçar, independentemente de conseguirmos ou falharmos...

Ele entra em nossos corações como uma ovelha dócil, não como um leão barulhento.

7 de dezembro

Porque a graça de Deus se manifestou salvadora a todos os homens.

Tito 2:11

Com a passagem do tempo, aquele momento não pareceu diferente de qualquer outro...Vinha e ia... Era um dos momentos incontáveis que marcaram o tempo desde que a eternidade começou a ser contada.

Mas, na verdade, aquele momento em particular foi diferente de todos os outros. Porque durante aquele segmento de tempo, uma coisa espetacular ocorreu. Deus se transformou em homem. Enquanto as criaturas da terra caminhavam inconscientes, a Divindade chegou.

8 de dezembro

Deus... concede graça aos humildes.

1 Pedro 5:5

O apóstolo Paulo foi salvo através de uma visita pessoal de Jesus. Ele foi arrebatado ao paraíso e teve a capacidade de ressuscitar um morto. Mas quando apresentou a si mesmo nas epístolas, não mencionou nada disso. Simplesmente, disse: "Paulo, servo de Deus." (Tito 1:1)

Deus ama a humildade.

9 de dezembro

Tu me cercas, por trás e pela frente, e pões a tua mão sobre mim.

Salmo 139:5

Nós nos maravilhamos com tantos testemunhos milagrosos ao nosso redor, como poderíamos ignorar Deus? Mas, de alguma forma, nós conseguimos. Vivemos em uma galeria de arte da criatividade divina e, mesmo assim, ficamos satisfeitos de olhar só para o tapete.

Da próxima vez que você ouvir um bebê dar risada ou ver uma onda no oceano, tome nota. Faça uma pausa e ouça como Sua Majestade sussurra de forma gentil: "Estou aqui."

10 de dezembro

Pois o Senhor é bom e o seu amor leal é eterno; a sua fidelidade permanece por todas as gerações.

Salmo 100:5

Jesus morreu... de propósito. Sem surpresas. Sem hesitações. Sem vacilações...

A jornada para a cruz não começou em Jericó. Não começou na Galileia. Não começou em Nazaré. Não começou em Belém. A jornada para a cruz começou muito antes. Quando o eco da mordida da fruta ainda estava ressoando no jardim, Jesus estava partindo para o Calvário.

11 de dezembro

Proclamarão o glorioso esplendor da tua majestade, e meditarei nas maravilhas que fazes.

Salmo 145:5

Já faz tempo que você olhou para os céus em um deslumbramento sem palavras? Já faz tempo que você percebeu a divindade de Deus...?

Se faz, então você precisa saber de algo. Ele ainda está lá. Ele não foi embora. Sob todos esses papéis e livros, relatórios e anos. No meio de todas essas vozes e rostos, memórias e fotografias.

Ele ainda está lá.

12 de dezembro

Nem todos dormiremos, mas todos seremos transformados, num momento, num abrir e fechar de olhos, ao som da última trombeta.

1 Coríntios 15:51,52

Quando Jesus foi para casa, Ele deixou a porta de trás aberta. Como resultado, "todos seremos transformados, num abrir e fechar de olhos".

O primeiro momento de transformação passou despercebido para o mundo. Mas você pode apostar que o segundo não passará. Da próxima vez que você usar a frase "só um minuto...", lembre-se de que isso é o necessário para mudar este mundo.

13 de dezembro

Proclamem a grandeza do Senhor comigo; juntos exaltemos o seu nome.

Salmo 34:3

Adoração é o ato de magnificar a Deus. Alargar nossa visão Dele. Subir na cabine do piloto para ver onde Ele está sentado e observar como trabalha. É claro, o tamanho Dele não muda, mas nossa percepção, sim. Quanto mais nos aproximamos, mais Ele parece maior. Não é isso de que precisamos? Uma *ampla* visão de Deus?

14 de dezembro

Nós fomos testemunhas oculares da sua majestade.

2 Pedro 1:16

Você já viu Jesus? Aqueles que primeiro o fizeram nunca mais foram os mesmos.

"Meu Senhor e meu Deus!", gritou Tomé.

"Eu vi o Senhor", exclamou Maria Madalena.

"Vimos a Sua glória", declarou João.

Mas Pedro se expressou melhor: "Nós fomos testemunhas oculares da sua majestade."

15 de dezembro

Pois é Deus quem efetua em vocês tanto o querer quanto o realizar, de acordo com a boa vontade dele.

Filipenses 2:13

Como resultado de sermos salvos, o que fazemos? Obedecemos a Deus com profunda reverência e evitamos tudo que pode desagradá-Lo. De forma prática, amamos nosso próximo e evitamos as fofocas. Pagamos todos os nossos impostos e não traímos a nossa esposa, além de fazer o melhor para amar as pessoas que são difíceis de serem amadas. Fazemos isso para sermos salvos? Não. Essas são as coisas boas resultantes de sermos salvos.

16 de dezembro

Glória a Deus nas alturas.

Lucas 2:14

Para os pastores, não era suficiente ver os anjos. Você pode pensar que já seria. A noite estrelada pontilhada de luzes. O silêncio irrompendo com uma canção. Pastores simples despertados do sono e colocados de pé por um coro de anjos: "Glória a Deus nas alturas!" Esses homens nunca tinham visto tamanho esplendor.

Mas não foi suficiente ver os anjos. Os pastores queriam ver Aquele que mandou os anjos.

17 de dezembro

Assim conhecemos o amor que Deus tem por nós e confiamos nesse amor.

1 João 4:16

O segredo para amar é viver sendo amado...

Será que encontrar-se com algumas pessoas o deixa frágil e vazio? Se a resposta é sim, o seu amor pode estar plantado em solo errado. Pode ter suas raízes no amor deles (que é inconstante) ou na sua disposição de amar (que é frágil). João nos pede que "confiemos no amor de Deus por nós" (1 João 4:16). Ele somente é a fonte poderosa.

18 de dezembro

As obras das suas mãos são fiéis e justas; todos os seus preceitos merecem confiança.

Salmo 111:7

Não há nenhuma pessoa que ficou com medo de se aproximar de Jesus. Houve aqueles que zombaram Dele. Houve os que tiveram inveja. Houve os que não o compreenderam. Houve os que o reverenciaram. Mas nenhuma pessoa o considerou santo demais, divino demais ou celestial demais para ser tocado. *Ninguém ficou relutante em se aproximar Dele por medo de ser rejeitado.*

19 de dezembro

Eu vim para que tenham vida, e a tenham plenamente.

João 10:10

Uma noite comum com pastores comuns e ovelhas comuns. E se não fosse por Deus adorar um "extra" no front da vida comum, a noite passaria despercebida. As ovelhas seriam esquecidas e os pastores dormiriam a noite toda.

Mas Deus dança entre os comuns. E naquela noite Ele dançou uma valsa... A noite deixou de ser comum.

20 de dezembro

Graças ao grande amor do Senhor é que não somos consumidos.

Lamentações 3:22

Nosso Deus não é distante — Ele não está tão acima de nós que não pode ver e entender nossos problemas. Jesus não é um Deus que ficou no alto da montanha — Ele é o Salvador que desceu, viveu e trabalhou com as pessoas. Em todo lugar que foi, as multidões o seguiram, sendo atraídas pelo ímã que era — e é — o Salvador.

A vida de Jesus Cristo é uma mensagem de esperança.

21 de dezembro

Eu lhes asseguro que, se vocês tiverem fé do tamanho de um grão de mostarda, poderão dizer a este monte: "Vá daqui para lá", e ele irá.

Mateus 17:20

Não meçam o tamanho das montanhas; falem com Aquele que pode movê-las. Em vez de carregar o mundo em seus ombros, falem com Aquele que sustenta o universo. A esperança precisa olhar ao longe.

22 de dezembro

Como é feliz o povo... Senhor, que anda na luz da tua presença!

Salmo 89:15

Jesus não se encaixava na noção judaica de Messias, então, em vez de mudar a noção, eles o renegaram...

Eles esperavam holofotes, reis e carruagens do céu. O que receberam foram sandálias, ensinamentos e um sotaque da Galileia.

Assim, eles o perderam. Assim, alguns ainda continuam perdendo.

23 de dezembro

Nem qualquer outra coisa na criação será capaz de nos separar do amor de Deus.

Romanos 8:39

Mesmo depois de gerações cuspindo em Seu rosto, Deus ainda os ama. Depois de uma nação de escolhidos O desnudar e rasgar Sua carne, Ele ainda morreu por nós. E mesmo hoje, depois que bilhões escolheram se prostituir diante dos cafetões do poder, da fama e da riqueza, Ele ainda espera por eles...

Somente Deus poderia amar tanto assim.

24 de dezembro

Que resgata a sua vida da sepultura e o coroa de bondade e compaixão.

Salmo 103:4

É hora de permitir que o amor de Deus cubra todos os aspectos da sua vida. Todos os segredos. Todas as feridas. Todas as horas de maldade, minutos de preocupação.

Descubra com o salmista: "Ele... me enche de amor e misericórdia." Imagine um enorme caminhão cheio de amor. Lá está você atrás dele. Deus levanta a parte de trás, até o amor começar a deslizar. Devagar no começo, depois mais, mais, mais, até você ficar escondido, enterrado e coberto por Seu amor.

25 de dezembro

E ela deu à luz o seu primogênito. Envolveu-o em panos e o colocou numa manjedoura.

Lucas 2:7

O nascimento por uma virgem é muito, muito mais, do que uma história de Natal; é uma pintura de quanto Cristo está perto de você. A primeira parada em seu itinerário foi um útero. Até onde irá Deus para tocar o mundo? Olhe fundo em Maria para encontrar a resposta.

Melhor ainda, olhe fundo dentro de si mesmo. O que Ele fez com Maria, Ele oferece para nós! Ele faz um convite igual para todos os Seus filhos: "Se você permitir, eu entrarei!"

26 de dezembro

Seu Reino jamais terá fim.

Lucas 1:33

De alguma forma, Maria sabia que estava carregando Deus. Então esse é Ele.

Ela se lembra das palavras do anjo. "Seu reino jamais terá fim."

Ele não parece nem um pouco com um rei. Seu rosto é enrugado e vermelho. Seu choro, apesar de forte e saudável, ainda é o choro ensurdecedor de uma criança indefesa. E Ele depende completamente de Maria para o seu bem-estar.

Majestade em meio ao mundano.

27 de dezembro

Este homem lhes foi entregue por propósito determinado e pré-conhecimento de Deus; e vocês, com a ajuda de homens perversos, o mataram, pregando-o na cruz.

Atos 2:23

A cruz não foi uma trágica surpresa. O calvário foi um reflexo para um mundo caindo aos pedaços. Não foi um remendo ou uma medida para tapar buracos...

O momento em que o fruto proibido tocou os lábios de Eva, a sombra de uma cruz apareceu no horizonte. E entre aquele momento e o momento em que o homem com o martelo pregou o punho de Deus, o plano-mestre foi completado.

28 de dezembro

Quando contemplo os teus céus, obra dos teus dedos, a lua e as estrelas que ali firmaste.

Salmo 8:3

Servimos a Deus que criou o universo e fez nosso mundo se mover. Mas aquelas mãos que penduraram as estrelas nos céus também enxugaram as lágrimas da viúva e do leproso. E irão enxugar as suas também.

29 de dezembro

Edifiquem-se, porém, amados, na santíssima fé que vocês têm, orando no Espírito Santo.

Judas 20

Imagine-se considerando cada momento como um momento potencial de comunhão com Deus. No momento em que sua vida terminar, você terá passado seis meses em sinais de tráfego, oito meses abrindo correspondência inútil, um ano e meio procurando coisas perdidas... e impressionantes cinco anos parado em variadas filas.

Por que não ofertar esses momentos para Deus?

30 de dezembro

E voltarei à casa do Senhor enquanto eu viver.

Salmo 23:6

Quando Davi diz: "Voltarei à casa do Senhor enquanto eu viver", ele está dizendo simplesmente que nunca quer se distanciar de Deus. Ele está ansioso para permanecer na aura, na atmosfera, na consciência de que está na casa de Deus, esteja onde estiver...

Deus quer ser Aquele em quem "vivemos, nos movemos e existimos" (Atos 17:28).

31 de dezembro

A tua palavra é lâmpada que ilumina os meus passos e luz que clareia o meu caminho.

Salmo 119:105

Deus não vai deixar que você veja a cena que está distante. Então você deve parar de procurá-la. Ele promete uma lâmpada sobre o nosso pé, não uma bola de cristal para o futuro. Não precisamos saber o que vai acontecer amanhã. Somente precisamos saber que Ele nos conduz e encontraremos graça para nos ajudar quando precisarmos.

Meu grato reconhecimento aos seguintes editores, por permitirem a reimpressão destes materiais. Todos os direitos pertencem ao autor, Max Lucado.

MAX LUCADO, And the Angels Were Silent (Nashville: W Publishing Group, 2003).

________ THE APPLAUSE OF HEAVEN (NASHVILLE: W. PUBLISHING GROUP, 1990).

MAX LUCADO, Michael W. Smith, Third Day, Come Together & Worship (Nashville: J. Countryman, 2003)

MAX LUCADO, A Gentle Thunder (Nashville: W Publishing Group, 1995).

________ HE CHOSE THE NAILS (NASHVILLE: W PUBLISHING GROUP, 2000).

________ IN THE EYE OF THE STORM (NASHVILLE: W PUBLISHING GROUP, 1991).

________ IN THE GRIP OF GRACE (NASHVILLE: W. PUBLISHING GROUP, 1996).

MAX LUCADO, General Editor, The Inspirational Study Bible (Nashville: W Publishing Group, 1995)

________ GOD CAME NEAR (NASHVILLE: W PUBLISHING GROUP, 2003).

________ JUST LIKE JESUS (NASHVILLE: W PUBLISHING GROUP, 1998).

________ NO WONDER THEY CALL HIM THE SAVIOR (NASHVILLE: W PUBLISHING GROUP, 2003).

________ SIX HOURS ONE FRIDAY (NASHVILLE: W PUBLISHING GROUP, 2003).

________ TRAVELING LIGHT (NASHVILLE: W PUBLISHING GROUP, 2000).

________ WHEN CHRIST COMES (NASHVILLE: W PUBLISHING, 1999).

Sobre o autor

Max Lucado nasceu em San Angelo, no estado norte-americano do Texas. É bacharel em Comunicação de Massa e fez mestrado em Estudos Bíblicos e Relacionados na Abilene Christian University.

Escrevendo para diversos públicos, de crianças a adultos, seus livros já venderam mais de 50 milhões de exemplares no mundo. Por várias vezes figurou no *ranking* de mais vendidos dos jornais *USA Today* e *The New York Times*, e suas obras já foram traduzidas para mais de 28 idiomas. Todos os títulos para adultos nasceram de seus sermões dirigidos à congregação da igreja na qual é pastor, a Oak Hills, em San Antonio, no Texas, onde o autor mora com a esposa Denalyn e as três filhas. Casados desde 1981, Max e Denalyn Lucado foram missionários no Rio de Janeiro por cinco anos antes de irem para o Texas. O autor ganhou mais de dez vezes o prêmio americano ECPA Gold Medallion, e no Brasil, o Areté de Literatura 2006. Site oficial: maxlucado.com.

CIP-Brasil. Catalogação na fonte.
Sindicato Nacional dos Editores de Livros, RJ.
L965t
Lucado, Max, 1955-
365 bênçãos: textos bíblicos comentados para inspirar sua vida / Max Lucado; tradução de Omar de Souza e Marcelo Barbão. – Rio de Janeiro: PocketOuro, 2010.

Tradução de: Everyday blessings
ISBN 978-85-61706-92-0

1. Oração – Cristianismo. 2. Vida cristã. 3. Bíblia - crítica, interpretação, etc. I. Título: Trezentos e sessenta e cinco bênçãos.

CDD: 242.2
CDU: 242

Este livro foi composto em Bembo e impresso pela
sobre papel offset 63g/m2 para o PocketOuro, em 2014.

PocketOuro

O marido humilhado, *Nelson Rodrigues*
Marley & eu, *John Grogan*
O pequeno príncipe, *Antoine de Saint-Exupéry*
O eu profundo e os outros eus, *Fernando Pessoa*
Auto da Compadecida, *Ariano Suassuna*
As 21 irrefutáveis leis da liderança, *John C. Maxwell*
O Príncipe, *Nicolau Maquiavel*
A assustadora história da medicina, *Richard Gordon*
Os discursos de Zaratustra, *Friedrich Nietzsche*
Contos de crime, clássicos escolhidos, *Flávio Moreira da Costa (org.)*
A distância entre nós, *Thrity Umrigar*
Derrubando Golias, *Max Lucado*
O cão dos Baskervilles, *Arthur Conan Doyle*
O que Jesus disse? O que Jesus não disse?, *Barth D. Ehrman*
Entre ossos e a escrita, *Maitê Proença*
Quando Nietzsche chorou, *Irvin D. Yalom*
A cura de Schopenhauer, *Irvin D. Yalom*
A mulher independente, *Simone de Beauvoir*
Máximas de Tia Zulmira, *Stanislaw Ponte Preta*
A chave mestra do sucesso, *Charles F. Haanel*
Muito além do segredo, *Ed Gungor*
Rei Artur, *Allan Massie*
Uma nova história do tempo, *Stephen Hawking e Leonard Mlodinov*
Como cheguei ao poder, *Winston Churchill*
O planeta dos macacos, *Pierre Boulle*

Alô, chics!, *Gloria Kalil*
Os melhores contos de amor das Mil e Uma Noites
Mentiras no divã, *Irvin D. Yalom*
3:16, *Max Lucado*
Contos de vampiros, *Flávio Moreira da Costa (org.)*
A luta pela sobrevivência, *Charles Darwin*
Não somos racistas, *Ali Kamel*
O livro de ouro da mitologia, *Thomas Bulfinch*
Paixões, *Rosa Montero*
Poemas de amor, *Fernando Pessoa*
Dias melhores virão, *Max Lucado*
Pixote – Infância dos mortos, *José Louzeiro*
Romeu e Julieta, *William Shakespeare*
Eu, robô, *Isaac Asimov*
Poemas de amor, *William Shakespeare*
Notas do subsolo e O Grande Inquisidor, *Fiódor Dostoiévski*
Contos de terror e mistério, *Edgar Allan Poe*
O Profeta, *Kalil Gibran*
As quatro armadilhas da mente e a inteligência multifocal, *Augusto Cury*
Como administrar seu intelecto, *Augusto Cury*
A vida sexual de Catherine M., *Catherine Millet*
Jesus, *Kahlil Gibran*
Desenvolvendo a inteligência emocional, *Augusto Cury*
Bons profissionais e excelentes profissionais, *Augusto Cury*
Cachorros encrenqueiros se divertem mais, *John Grogan*
A lei da atração, *Michael Losier*
Você faz a diferença, *John C. Maxwell*
Calígula e Nero, *Suetônio*
Contos de humor, clássicos escolhidos, *Flávio Moreira da Costa (org.)*

100 homens que mudaram a história do mundo, *Bill Yenne*
O livro de ouro da história da música, *Otto Maria Carpeaux*
O livro de ouro do sexo, *Regina Navarro Lins e Flávio Braga*
Assassinato no Expresso do Oriente, *Agatha Christie*
Morte no Nilo, *Agatha Christie*
Histórias de mulheres, *Rosa Montero*
Você, a ideia mais fantástica de Deus, *Max Lucado*
A louca da casa, *Rosa Montero*
Cai o pano, *Agatha Christie*
A mensagem secreta de Jesus, *Brian McLaren*
O Santo Graal e a linhagem sagrada, *M. Baigent, R. Leigh e H. Lincoln*
Treze à mesa, *Agatha Christie*
Não sou a Mulher-Maravilha, mas Deus me fez maravilhosa!, *Sheila Walsh*
O Universo conspira a seu favor, *Jerry e Esther Hicks*
A última semana, *Marcus Borg e John Crossan*
A arte de ser feliz sem sair do lugar, *Maurice Smith*
A Mansão Hollow, *Agatha Christie*
Jesus, o maior filósofo que já existiu, *Peter Kreeft*
O livro da felicidade, *Dalai Lama*
A arte da guerra, *Sun Tzu*
De bem com a vida, *Deborah Norville*
Os elefantes não esquecem, *Agatha Christie*
Poliana, *Eleanor H. Porter*
Sem tempo pra nada, *Edward M. Hallowell*
Um corpo na biblioteca, *Agatha Christie*
365 bênçãos, *Max Lucado*
Madonna: 50 anos, *Lucy O'Brien*
Como saber quem você é, *Dalai Lama*